우리 이야기 해설 [1]

나무꾼과 선녀

우리 이야기 해설 1

나무꾼과 선녀

철학과현실사

머리말

　현재의 나의 삶을 있게 만든 꿈은 고등학교 다닐 때 생겼다. 초등학교 시절의 꿈이야 그 자체로 소중한 것이지만, 그것이 내 인생에서 차지하는 역할이나 의미는 미미했다. 당시 가치관이 아직 형성되지 않았기도 하지만, 피폐한 농촌의 삶 속에서 갖는 어린 시절의 꿈이란 대개 현실의 욕망, 그것도 부모나 주위의 기대가 투영된 것이니, 진정한 꿈이라고 할 수도 없는 대동소이한 것이 아니던가?

　그래 고등학교 때 가졌다는 그 꿈이란 게 귀에도 익숙한 서양의 유명 인사, 곧 신학자이자 오르간 연주자 그리고 의사였던 누구처럼, 나 자신도 그런 사람을 닮고 싶었던 희망인지 모른다. 바로 철학자 겸 신학자 그리고 음악가가 그것이었다. 그 시절 우리나라 어느 곳이든 다 마찬가지겠지만, 국민 대다수가 헐벗고 굶주리며 살았기에, 자신의 꿈을 학문이나 예술에 두는 것은 대도시의 교양이 풍부한 뼈대 있는 가정에서나 태어난 아이들의 몫이었다.

허락되지 않은 현실의 여건 속에서 어쨌든 그 길로 뛰어들었다. 당시 달달 외던 철학자 박종홍이 지은 국민교육헌장의 '오늘의 처지를 내일의 발판으로 삼아'의 한 구절처럼 말이다. 그래서 청년 시절 공부하던 음악을 잠시 접고, 대신 철학을 공부하면서 우리 것에 관심을 가졌다. 한국 철학에 대한 학위 과정을 마친 뒤부터, 본격적으로 우리 민담이나 전래 동화에 관심을 갖고 연구를 하였다. 10여 년의 노력 끝에 몇 권의 해설서와 최근에 연구서도 냈다.

전래 동화 또는 민담은 단순한 몽상이 아니다. 철학은 개념을 통해 삶을 말하지만, 이것은 은유나 상징을 통해 삶을 전한다. 고로 옛날이야기는 천편일률적인 보편적 교훈만을 말하지 않는다. 그 삶이 어떠하든 다양한 형태로 남아 있다. 비록 사회 현실이나 정치적 견해에 대한 표현이 자유롭지 못한 여건 속에서도 민중들은 자신들의 삶을 오롯이 묻어두었다. 이 얼마나 다행스런 일이 아닌가?

고고학자가 땅바닥에 박힌 유물을 헤집듯, 민중들의 삶을 재구성하는 작업을 하면서 비로소 깨달은 것은, 신학자들이 성서를 연구하고 해석하는 그 일이, 지금 내가 하고 있는 바로 이 일이라는 점이다. 비록 신이나 신앙 대신에 민중이나 백성들의 삶을 연구의 중심에 두었지만, 그마저도 동양 사상의 전통에 따른다면 민심이 곧 하늘의 뜻이니, 민중의 생각을 통해 하늘의 뜻을 살폈다. 하늘이 무슨 말을 하겠는가? 그러니 신학자가 되겠다던 꿈도 이루어진 셈이다. 신학이 특수한 문화권의 특정 종교의 전유물이 아니라면 말이다.

그렇다면 왜 내가 이토록 우리 것에 관심을 가졌느냐 하면, 나를 확인하기 위해서다. 우리가 누구인지, 그리고 지금 우리 사회의 문화적 뿌리가 어디서 왔는지 알고 싶었다. 또 내 것을 알지 못할 때, 남의 것을 내 것인 양 추종하는 정신적 노예로 살기 싫어서다. 정신적 노예로 산다는 것은 나를 부정하는 일이요, 내가 남을 대신 살아주는 일이다. 얼간이의 일이다. 그래 내 삶에서 나답게 살고 싶었다.

이 책은 그런 나의 꿈과 의도를 반영하고 있다. 사실은 이미 이 책과 동일한 의도를 가지고『전래 동화 속의 철학』이란 시리즈로 다섯 권의 책을 펴낸 적이 있다. 그러나 그때만 해도 연구 성과가 미진하여 깊이 있게 다루지 못했는데, 최근에 그 연구 방법과 태도를 반성하면서『전래 동화·민담의 철학적 이해』라는 연구서를 냈다. 이 책은 그 연구 성과에 기반을 두고 그것을 쉽게 풀었다. 한 가지 이야기를 한 권의 책에 담아서, 그것도 초등학교 교육 과정을 제대로 이수한 학력 수준이면 누구나 읽을 수 있도록 쓴 시리즈 가운데 첫 번째다. 이 책을 시작으로 계속해서 낼 계획이다. 그 끝은 아마도 내가 더 이상 새로운 전래 동화나 민담을 발견하지 못하거나 건강이 허락하지 않을 때가 아닌가싶다.

이『나무꾼과 선녀』이야기는 우리들에게 너무나 잘 알려진 이야기다. 그러나 그만큼 그 속 내용을 이해하는 사람은 그리 많지 않다. 그것은 이 이야기가 그리 단순하게 볼 것도 아니며, 쉽게 파악할 수 있는 주제가 들어 있는 것도 아니라는 점을 말해준다. 어쨌든 그것은 지금 여러분들의 이야기며, 남녀노소를 불문하고 그가 누구든, 농촌 총각이든 동남아에서 시집온 여성이든, 잘난 사람이든 못난 사람이든, 달동네 청년이든 강남 부잣집 처녀든, 모두에게 해당되는 이야기다. 그 속에 우리의 어떤 유전자가 들어 있는지 맛보시기를 바란다.

꿈을 다 이루어버리면 그 순간부터 죽음의 시작이다. 그래서 한 가지 꿈을 아직 이루지 못한 게 다행이다. 그걸 위해 매일 노력한다. 그리고 그것이 또 나의 편협한 지성과 태도를 변화시켜줄 것이다.

끝으로, 보잘것없는 원고를 번번이 출판할 수 있도록 흔쾌히 허락해준 [철학과현실사]에 깊은 감사의 뜻을 전하며, 늘 격려를 아끼지 않는 주변의 지인들, 그리고 묵묵히 제 할 일을 열심히 하는 나의 식구들에게도 고마움을 전한다.

2009년 1월
이 종 란 쓰다

차 례

차 례

차 례

1
나무꾼과 선녀

옛날 아주 오래된 옛날이었습니다. 강원도 금강산 자락에
한 나무꾼이 살았습니다. 그는 나무를 해서 팔아 곡식과 필
요한 것을 사서 늙은 어머니를 모시며 먹고살았습니다.

하루는 나무를 하고 있는데 어디선가 사슴 한 마리가 헐
레벌떡 숲 속에서 뛰어나왔습니다.

"살려주세요. 사냥꾼이 따라오고 있어요."

나무꾼은 얼른 사슴을 나뭇짐 속에 숨겨주었습니다. 얼마
지나지 않아 이윽고 사냥꾼이 나타나 말하였습니다.

"여보시오. 조금 전에 사슴 한 마리가 뛰어오는 것 못 보
았소?"

"예, 좀 전에 후다닥 저쪽으로 뛰어가던데요."

나무꾼은 사슴이 나타난 반대 방향을 가리켰습니다. 그러
자 사냥꾼은 그가 가리킨 쪽으로 두말 않고 뛰어갔습니다.

▷안개에 휩싸인 금강산. 금방이라도 선녀가 내려 올 듯하다.

　"제 목숨을 구해주어서 고맙습니다."

　사슴이 나뭇짐 더미에서 나오면서 말하였습니다. 그리고
는 다음과 같이 말했습니다.

　"이 산의 계곡을 따라 쭉 올라가면 커다란 연못이 있는데,
지금부터 열흘 뒤 보름달이 떠오르면 선녀 셋이 내려와 목
욕을 할 것입니다. 그때 제일 나이 어린 선녀가 입었던 날개
옷 한 벌을 감추어야 합니다. 그리고 하늘로 올라가지 못한
선녀를 집에 데려가 아내로 맞이하십시오. 그리고 아이 셋을
낳을 때까지 절대로 날개옷을 보여주어서는 안 됩니다."

　열흘 뒤 나무꾼은 밤이 되자 사슴이 일러준 대로 계곡의
연못에 가보았습니다. 과연 달빛 아래서 고운 속살을 드러낸

선녀들이 막 목욕을 하려는 중이었습니다. 찰랑이는 물결에 달빛이 부서지면서 은가루를 뿌린 듯 선녀들의 하얀 살결이 반짝였습니다. 선녀들이 물 속으로 들어가자 두근거리는 마음을 누르면서 나무꾼은 간신히 제일 나이 어린 선녀의 날개옷 한 벌을 가져와 숨겼습니다. 그리고는 숨어서 선녀들을 엿보고 있었습니다.

이윽고 선녀들이 목욕을 끝내고 옷을 입으려는데, 한 선녀가 발을 동동 구르더니 옷이 없다며 비명에 가까운 소리를 질렀습니다.

"바람에 날려 갔나봐. 먼저 올라갈 테니 찾아서 입고 와."

두 선녀는 이렇게 말하고 먼저 하늘로 올라갔습니다. 그러나 아무리 찾아도 날개옷은 없었습니다. 지친 선녀는 바위 옆에 웅크리고 앉아 슬피 울었습니다. 나무꾼은 시치미를 뚝 떼고 조심스레 선녀 앞에 나타나 갈 데가 없는 선녀를 그럴 듯한 말로 달래서 집으로 데리고 돌아왔습니다.

더 이상 날개옷을 찾지 못하자, 선녀는 하늘나라에 갈 것을 단념하고 나무꾼의 아내가 되었습니다. 나무꾼은 선녀가 가엽기도 했지만, 사슴이 일러준 것을 지키기 위하여 입을 꼭 다물고 있었습니다.

세월은 흘러 어느덧 선녀는 두 아이의 엄마가 되었습니다. 하늘나라의 즐거움도 잊은 듯 땅 위에서의 생활이 힘들었지만 나무꾼과 행복하게 살았습니다.

어느 날 밤이었습니다. 그날도 날개옷을 잃었던 날처럼 달이 환하게 밝았습니다. 선녀는 마루에 앉아 달을 쳐다보고 한숨을 쉬며 말했습니다.

"아, 세월이 벌써 이렇게 흘렀구나! 날개옷을 입고 저 하늘을 날아봤으면 …."

그 소리를 들은 나무꾼은 선녀가 참으로 불쌍하다는 생각이 들었습니다. 그리고 이제 두 아이의 엄마가 되었으니 딴마음을 먹지 않을 것이라고 믿었습니다. 그래서 날개옷을 선뜻 내어주며 한 번 입어보라고 권하였습니다. 선녀는 날개옷을 입고 공중에서 왔다가다 하다가 별안간 두 아이를 양팔에 안고 하늘로 날아올랐습니다. 나무꾼이 돌아오라고 소리를 질렀지만, 그 소리가 들리지 않는 듯 선녀는 하늘 높이 날아갔습니다. 그리고는 영영 돌아오지 않았습니다. 그때서야 나무꾼은 아이 셋을 낳을 때까지 날개옷을 보여주지 말라던 사슴의 말이 생각났습니다. 그러나 후회해보았자 아무 소용이 없었습니다.

나무꾼은 혹시 그때 그 사슴을 만나면 좋은 방법이 있을까 싶어 사슴을 찾아 헤매었습니다. 여러 날을 찾아 헤맨 뒤에야 겨우 그 사슴을 만날 수 있었습니다.

"제가 뭐라고 했습니까? 아이 셋을 낳을 때까지 날개옷을 보여주지 말라고 했잖아요?"

사슴은 약간 퉁명스럽게 말했습니다. 그리고는 측은한 생각이 들어 선녀와 아이들에게 갈 수 있는 방법을 일러주었습니다.

"날개옷을 잃어버린 뒤로는 하늘나라에서 선녀들이 내려오지 않지요. 대신 큰 두레박으로 그 연못의 물을 떠서 목욕

을 한답니다. 이번 달 보름
이 되면 하늘에서 두레박
이 내려올 것입니다. 그때
그 두레박을 타고 하늘로
올라가면 됩니다."

이 말을 들은 나무꾼은 보
름이 되기를 기다렸습니다.
밤이 되자 과연 커다란 두
레박이 하늘에서 스르르 내
려왔습니다. 나무꾼은 얼른
그 두레박에 올라탔습니다.
그러자 두레박은 하늘 높이
올라가기 시작하였습니다.
아름다운 금강산은 달빛 아
래서 고요히 잠들어 있었습
니다.

드디어 나무꾼은 두레박
을 타고 하늘나라로 올라갔
습니다. 두 아이와 선녀도
만날 수 있었습니다. 사실
선녀는 옥황상제의 딸이었
습니다. 그러나 옥황상제는

▷선녀가 목욕한 연못은 어떠했을까. 그림은
정선의 「박연폭포」(이우복 소장, 출처는 이
동주,『우리 옛 그림의 아름다움』, 시공아트,
2004, 191쪽)

땅 위의 사람이 하늘나라에서는 살 수 없으니, 자기가 낸 세
가지 시험에 합격하면 하늘나라에서 살게 해주겠다고 했습

니다. 만약 시험에 합격하지 못하면 큰 벌을 내리고 지상으로 쫓아버린다고 했습니다.

첫 번째 시험은 숨어 있는 옥황상제를 하루 만에 찾는 것이었습니다. 어디에 숨었는지 알 수 없어 낙담하고 있으니까, 성 밖에 있는 돼지우리에 가서, "상제님 왜 거기에 계십니까?"라고 말하면 된다고 선녀가 가르쳐주었습니다. 그렇게 하여 옥황상제를 찾으니 첫 번째 시험에 통과하였습니다.

두 번째 시험은 나무꾼이 숨고 옥황상제가 찾는 일인데, 이것 역시 숨을 곳을 찾지 못해 낙담하고 있자, 이번에도 선녀가 도와주었습니다. 선녀는 나무꾼을 개미로 변신시켜 자기의 골무 속에 넣어 바느질을 했는데, 아무리 하늘나라 사정을 잘 아는 옥황상제도 나무꾼을 찾지는 못했습니다. 그리하여 두 번째 시험에도 합격하였습니다.

세 번째 시험은 옥황상제가 쏜 화살을 찾아가지고 오는 것이었는데, 이번에도 역시 선녀가 도와주었습니다.

"가다가 추녀 끝이 밑으로 처진 기와집이 보이거든 거기에 들어가세요. 처녀가 아파서 누워 있을 터이니 그 처녀의 가슴을 세 번 쓸어내리세요. 그러면 화살이 나올 것입니다. 오는 도중에 절대로 화살을 꺼내보지 마세요."

이렇게 당부하였습니다. 과연 그곳에 가니 멀쩡하던 처녀가 갑자기 가슴이 아프다면서 다 죽어간다고 야단이었습니다. 나무꾼은 자기가 그것을 고치겠다고 나섰습니다. 주인의 허락을 받아 주위 사람을 내보내고 처녀의 가슴을 세 번 쓸어내리니 화살이 쏙 빠져나왔습니다. 처녀는 금세 나왔습니다. 그것을 가지고 오다가 궁금하여 살짝 꺼내보는데, 갑자기 까치 한 마리가 날아오르더니 화살을 물고 날아갔습니다. 울상이 되어 계속 바라보고 있는데, 이번에는 솔개가 나타나 그것을 빼앗아 물고 날아가 버렸습니다.

애써 찾은 화살을 잃어버렸으니 영락없이 쫓겨나게 되었다고 낙담하면서 돌아오니, 선녀가 화살을 들고 기다리고 있었습니다. 어찌 된 영문인지 물었습니다.

"당신이 화살을 찾아가지고 오는 것을 보고 제 언니가 까치로 변하여 빼앗자, 제가 솔개로 변하여 그것을 도로 찾아왔답니다."

이렇게 해서 나무꾼은 선녀 덕분에 세 가지 시험에 다 합격하여 하늘나라에 살게 되었습니다. 그러나 가족과 함께 하늘나라에서 행복하게 사는 것도 잠시뿐이었습니다. 나무꾼의 얼굴은 늘 수심이 가득하였습니다. 맛있는 음식을 먹어도, 아름다운 음악을 들어도 나무꾼은 좀처럼 즐겁지 않았습니다.

사실 나무꾼은 땅에 두고 온 늙으신 어머니가 생각나서 그랬던 것입니다. 선녀에게 땅에 내려가 어머니를 모시고 올 수 없는지, 아니면 잠시라도 다녀올 수 없는지 물어보았습니다. 선녀는 하늘나라와 아무 상관이 없는 지상의 사람이 하늘나라에서 살 수 없다고 했습니다. 어머니를 모셔올 수 없는 것이 그 때문이라고 말했습니다. 그래서 나무꾼은 어머니를 잠시라도 보고 올 수 있는 방법을 찾았습니다.

하늘나라에는 날개 달린 말인 천마(天馬)가 있었습니다.

하늘나라 옥황상제와 관리들만 타고 다녔습니다. 이 딱한 사정을 안 옥황상제는 효성이 지극한 나무꾼을 가상히 여겨 천마를 잠시 탈 수 있도록 허락하였습니다. 선녀는 땅에 내려갔을 때 절대로 말에서 내리면 안 된다는 당부도 하였습니다.

드디어 나무꾼은 천마를 타고 꿈에도 그리던 어머니를 만날 수 있게 되었습니다. 말에 탄 채로 어머니에게 문안을 드렸습니다. 어머니는 그것이 몹시 안쓰러워서 말했습니다.

"애야, 방안에라도 들어와서 쉬었다 가렴."

"안 됩니다, 어머니. 말에서 내리면 하늘나라에 다시 갈 수가 없어요."

"오냐, 알았다. 그러면 이 팥죽이라도 먹고 가렴."

어머니는 금방 쑨 뜨거운 팥죽을 사발에 담아서 아들에게 건넸습니다. 나무꾼은 천마의 잔등이에 앉은 채 팥죽을 먹으려고 하였습니다. 그런데 말이 흔들리는 바람에 뜨거운 팥죽을 말 등에 흘리고 말았습니다.

그러자 뜨거운 팥죽에 놀란 말이 갑자기 날뛰기 시작하였습니다. 나무꾼은 팥죽을 먹느라 잠시 말고삐를 놓고 있었기 때문에 그만 말에서 떨어지고 말았습니다. 천마는 소리를 지르며 지붕 위를 한두 바퀴 빙 돌더니 금방 하늘 높이 날아가 시야에서 사라졌습니다.

이렇게 하여 나무꾼은 영영 하늘나라에 갈 수 없게 되었습니다. 그 대신 땅 위에서 예전처럼 나무를 팔아서 어머니를 모시며 살아야 했습니다. 그러다가 하늘나라에 사는 아내와 아이들이 보고 싶어서, 혹 하늘에서 천마가 내려오지 않나 하고 밤낮 하늘만 올려다보고 살다가, 그만 죽어서 수탉이 되었습니다. 지금도 수탉이 지붕 위에 올라가 하늘을 쳐다보고 우는 것도 그런 까닭이랍니다.

2
비천한 남성과 고귀한 여성의 만남

선녀와 수탉이 된 총각

이 「나무꾼과 선녀」 이야기는 1955년부터 1972년까지 초등학교 3학년 국어 교과서에 실렸을 정도로 우리에게는 너무나 잘 알려진 옛날이야기 가운데 하나입니다. 교과서에서는 나무꾼이 두레박을 타고 하늘나라에 올라가는 것으로 끝을 맺고 있어서, 이 시기에 초등학교를 다닌 사람들은 그 뒷이야기가 더 있다는 사실에 내심 놀라는 사람들도 있을 것입니다.

이 이야기는 여러 작품의 소재가 되기도 하고, 대중가요 「선녀와 나무꾼」으로 만들어지기도 했습니다.

옛날이야기라는 것이 사람들의 입을 통하여 전승되기 때문에 원래 모습을 찾기가 쉽지 않고, 또 내용이 각색됨으로써 여러 가지로 갈래를 치며 전파됩니다. 심지어 제목마저도

▷극단 '함께 하는 세상'의 박연희 연출, 「나무꾼과 선녀」 마당극 포스터.

그렇습니다. 그래서 이 이야기에도 다양한 제목이 있습니다. '나무꾼과 선녀', '선녀와 나무꾼', '선녀와 머슴', '금강산 선녀', '선녀와 수탉이 된 총각', '사슴을 구해준 총각', '총각과 선녀', '노루와 나무꾼', '수탉의 유래', '수탉이 높은 데서 우는 유래', '뻐꾸기의 유래', '은혜 갚은 쥐', '쥐에게 은혜를 베풀어 옥황상제 사위 된 이야기' 등이 그것들입니다.

연구자들은 이것들을 통틀어 '나무꾼과 선녀'를 그 가운데 대표 제목으로 삼았습니다. '나무꾼과 선녀'라는 제목으로 전해온 이야기가 가장 많기 때문이기도 하고, 그것이 이 이야기의 두 주인공 이름을 나타내기도 하거니와, 이 이야기가 전개되는 과정에서 중심 역할을 하기 때문입니다.

필자가 글을 시작하면서 작은 제목을 '선녀와 수탉이 된 총각'이라고 붙인 것은, 대부분 이야기의 제목에서 남성 이름을 앞에 붙이고 여성 이름을 뒤에 붙이는 습관, 예를 들어 '견우와 직녀', '아담과 이브', '연오랑과 세오녀', '삼손과 데리라' 등과 다르게 여성 이름을 앞에 붙였는데, 남녀 관념에 대한 균형을 잡아보자는 뜻에서입니다.

　그리고 특이하게도 '뻐꾸기의 유래'라는 제목은 이 이야기의 결말과 관계가 있습니다. 이야기 끝에 천마를 타고 내려온 나무꾼이 '팥죽'을 먹는 장면이 나오는데, 다른 이야기에서 이 대목을 보면 어머니(또는 친척)가 박국을 끓여주는 장면으로 바뀝니다. '박국'이란 박의 속살을 파서 끓인 국입니다. 필자는 공교롭게도 오늘 저녁 반찬으로 박의 속살을 파서 데쳐 만든 나물을 먹었는데, 박의 속살과 함께 조개나 고기를 넣고 끓이면 국이 됩니다. 이야기 속에서는 나무꾼이 박국을 먹다가 뜨거운 박국을 천마 잔등이에 흘려, 천마가 놀라는 바람에 고삐를 놓쳐서 영영 하늘로 못 올라가게 되었고, 그래서 나무꾼이 죽어서 새가 되어 "박국! 박국!" 하고 울었다고 합니다. 박국 때문에 하늘에 못 올라간 한 때문에 말입니다. 그 소리가 "뻐꾹! 뻐꾹!"과 흡사해 '뻐꾸기의 유래'라는 제목이 붙었습니다. 이 얼마나 해학이 넘칩니까. 그밖에 이같이 다양한 제목도 이 이야기의 주제와 일정한 맥락이 닿아 있습니다.

　학자들이 밝힌 이 이야기와 유사한 이야기들은 호주 지역을 제외한 전 세계에 골고루 분포되어 있는데, 중국에서는 곡녀전설(鵠女傳說), 일본에서는 우의전설(羽衣傳說), 서양

▷서울롯데월드 민속박물관의 「나무꾼과 선녀」 마당놀이 한 장면.

에서는 백조처녀(swan maid)로 알려져 있습니다. 모두 새와
관련이 있습니다. 백조는 우아한 여성과 너무나 흡사한데,
대개의 이야기는 백조(새)가 연못가로 날아와 인간으로 변
신해 목욕하는 사이, 사냥꾼이 깃옷을 감추면서 사건이 시작
됩니다.

　여기서 백조처녀 이야기라고 내용이 다 같은 것은 아닙니
다. 서양에서는 남녀 간의 사랑을 다루고, 몽골의 백조처녀
이야기는 보리야드 족의 여섯 부족의 기원과 제사를 지내게
된 내력을 말합니다. 우리나라에서는 백조가 아닌 선녀로 바
뀝니다. 그리고 몽골의 그것과 다른 점은 선녀가 아이를 데
리고 하늘나라로 떠납니다. 그것이 우리 문화 코드에 맞았기

때문일 겁니다. 그 때문에 말하고자 하는 내용도 달랐습니다. 그러니까 비슷한 이야기라도 문화적 배경에 따라 내용이 달라질 수 있기 때문에, 이런 종류의 이야기에 대한 주제를 판에 박힌 듯이 섣불리 이야기해서는 안 됩니다.

변이와 유형

이처럼 이야기는 동일한 원형에 속해도 문화권에 따라 달라지기 마련이고, 같은 문화권이나 나라에서도 지역이나 구술자에 따라 같은 이야기가 조금씩 달라지는 현상이 생깁니다. 같은 이야기기이지만 조금씩 달라진 것을 우리는 앞으로 '변이'라는 말로 통일하겠습니다. 변이라는 말은 여러분들이 과학이나 생물 시간에 '돌연변이'라는 개념을 배울 때 이미 나온 말입니다. 그래서 이야기 속에도 원래의 이야기가 조금씩 변화를 일으켜 전래되는 것은 변이라고 부릅니다. 물론 이야기가 완전히 달라지는 것은 아닙니다. 그렇게 되면 다른 이야기가 되겠지요. 그리고 비슷한 변이들의 집합을 '유형(類型)'이라고도 합니다.

그러니까 앞으로 이러한 이야기를 이해하려면 그것을 이해하는 개념인 변이라든가 유형이라는 말을 잘 이해하고 있어야 합니다.

그런 변이는 전승자들의 생각과 느낌 또는 의도를 포함하며, 이야기 또한 다양하게 전개됩니다. 왜냐하면 한 구술자의 일방적인 생각만으로 변이를 다 만들어낸다고 말하기는 어렵고, 다른 사람의 그것에 대하여 공감(동의)하거나 비판되기도 하고 극복되기도 하면서 전승되기 때문입니다. 필자의 관심은 이러한 전승자들의 생각의 흔적을 탐색하는 데 있습니다.

그런데 여러분들은 국어 시간에 이미 배웠겠지만, 어떤 작품을 읽거나 어떤 사람의 말을 들을 때, 표면적으로 드러나는 내용도 중요하지만, 실은 그보다도 그 작품이나 언어 속에 담긴 작가나 등장인물의 의도를 파악하는 것이 중요하다는 점을 기억하고 있는지 모르겠습니다. 그래서 행간(行間)을 읽어야 한다는 말을 많이 들었을 것입니다. 거기서 작가의 의도나 숨은 뜻을 읽어낸다면, 여러분의 국어 실력은 누구보다도 우수하다 할 수 있습니다. 필자도 행간에 숨은 뜻을 어지간히 남겨둡니다. 그것을 알아차리느냐 못 차리느냐는 여러분의 능력에 달려 있습니다.

이렇게 행간에 뜻을 숨긴 이유는 무엇일까요. 그것은 작가의 처지에서 함부로 말할 수 없는 사정이 있기 때문입니다. 정치적, 종교적, 사회적, 윤리적인 이유 때문에 함부로 자신의 생각을 드러냈다가는 자신이나 주변 사람들에게 불이익이 닥칠 수도 있기 때문입니다. 옛날이야기라고 해서 예외는 아닙니다. 그때는 일반 백성들이 양반이나 관리 또는 임금의 눈치를 볼 수밖에 없기 때문입니다. 민주화가 된 지금도 그럴 수밖에 없는데, 하물며 신분 제도가 엄격했던 옛날이야 더 말할 필요가 없겠습니다.

이렇듯 입으로 전달되는 이야기는 작가의 의도도 중요하

지만, 전하는 사람의 의도도 들어가기 때문에 다양한 변이가 생깁니다. '나무꾼과 선녀'도 그 변이가 제목만큼이나 매우 다양합니다. 학자들은 이 변이들을 묶어서 크게 몇 가지 유형으로 분류합니다.

우선 나무꾼이 선녀를 만나 지상에서 살다가 선녀가 아이들을 데리고 하늘나라로 올라가는 것으로 끝나는 유형, 다음으로 이 이이야기에 이어 나무꾼이 선녀를 따라 하늘에 올라가는 것으로 끝나는 유형, 또 나무꾼이 하늘나라에 올라가서 옥황상제와 그의 가족들이 내는 각종 시험(시련)을 극복하고 하늘에서 잘살았다는 것으로 끝나는 유형, 그리고 하늘나라에 살다가 지상의 어머니(친지)를 보러 왔다가 하늘에 못 올라가고 수탉이 되었다는 유형, 나무꾼이 죽자 하늘나라에 있는 자식들이 나무꾼의 시신을 하늘나라로 갖고 올라갔다는 유형, 끝으로 나무꾼과 선녀가 하늘나라보다 땅이 좋아서 같이 지상으로 내려와 행복하게 살았다는 유형이 그것입니다. 우리가 앞에서 읽은 것은 바로 나무꾼이 하늘에서 천마를 타고 내려와 올라가지 못하고 수탉이 되었다는 유형인데, 앞으로 이 유형을 중심으로 해석할 것입니다.

그럼 무엇 때문에 필자가 이 유형을 선택했느냐 하면 그럴 만한 이유가 충분히 있습니다. 그것은 우리나라에서 가장 먼저, 또 두 번째로 채록된 것도 이 유형이며, 나아가 가장 많이 전해오는 것도 바로 이 유형이기 때문입니다.

최초의 이야기는 1913년에 정덕봉이라는 사람이 구연한 것을 정인섭이라는 연구자가 채록한 것이며, 그 다음으로 아동문학가 겸 운동가인 방정환의 제보로 민속학자 손진태가 채록한 것으로 역시 이 유형에 속합니다. 특히 변이가 많은 것은 광복 후에 채록된 것들로 다양한 유형을 보이는데, 그 것은 그만큼 이야기의 원형이 변질되었다는 뜻도 되어서 전 통과 더 멀어졌다는 생각에서 다 다루지 않기로 했습니다. 그래서 필자가 다시 쓴 이야기는 이 유형을 중심으로 풀이 했습니다.

민담과 전래 동화의 차이

우리가 흔히 말하는 옛날이야기를 한자말로 설화(說話)라 고 부릅니다. 설화 속에는 전설(傳說), 신화(神話), 민담(民 譚) 등이 있습니다. 전설은 어떤 특정 지역과 관련된 단일한 사건을 중심으로 전해오는 이야기입니다. 귀신이 많이 등장 하는 텔레비전 프로그램의 소재가 되기도 하여, 우리 어린이 들이 매우 좋아합니다. 신화는 신과 같이 초자연적인 것과 관련된 이야기로, 우리가 잘 알다시피 단군신화나 주몽신화 같은 건국 신화, 영웅들에 관한 영웅 신화 그리고 이 세상이 생긴 유래에 관한 창세 신화 등이 있습니다. 민담은 백성들 의 이야기라는 뜻으로 백성들의 입에서 입으로 전해지는 이야 기입니다. 필자가 이 책에서 다루고자 하는 것은 바로 민담입 니다. 초등학교 학생들과 일부 어른들이 옛날이야기로 알고 있는 전래 동화(傳來童話)는 바로 이 민담과 관계되는데, 여 기서 전래 동화와 민담을 구분할 필요가 있습니다.

▷『개벽』(한국잡지박물관)

'전래 동화'라는 말은 적어도 1920년대 이전에는 없었던 말입니다. 그럼 어떻게 해서 전래 동화라는 말이 생겨났을까요. 전래 동화라는 말을 이해하기 이전에 먼저 '동화(童話)'라는 말을 이해할 필요가 있습니다. 동화라는 말은, 일본에서 서양의 옛이야기나 안데르센의 창작물을 번역할 때 사용한 말입니다. 그러니까 서양 동화를 번역해 일컫기 위해서 필요했던 말입니다.

그런데 1920년대 초에 아동 문학 운동과 동화 발굴 사업을 함께 벌이던 방정환, 손진태, 박달성 등에 의해 우리 동화를 발굴하던 때가 있었습니다. 특히 '개벽사'라는 출판사에서 1923년에 '고래(古來) 동화'를 현상 모집한 결과 모두 150편의 작품을 접수하여 다섯 편의 입선 작품과 스무 편의 등외 입상작을 발표하였습니다. 이 가운데 당선작 다섯 편은 1923년 2월부터 6월까지『개벽』(제32호~제36호)이라는 잡지에 게재하기도 하였습니다. 여기서 '고래 동화'에 주목할 필요가 있습니다.

그리고 이듬해 1924년에 조선총독부에서『조선동화집』을 발간하는데, 여기에 조선에서 발굴된 동화 25편이 일본어로 실리게 됩니다. 그러니까 이 책이 우리나라에서 간행된 최초의 동화집인 셈입니다.

그런데 '전래 동화'란 말이 등장하기 전에 이와 유사한 말로는 바로 앞에서 말한 1922년 8월 『개벽』 제26호에 실린 광고 '조선고래동화모집(朝鮮古來童話

▷최초의 동화집인 『조선동화집』(출처는 권혁래의 앞의 책, 3쪽)

募集)'에 보입니다. 바로 '고래 동화'가 '전래 동화'의 앞에 등장했던 같은 말입니다. 그리고 '전래 동화'란 명칭은 1940년에 박영만이 쓴 『조선전래동화집』에서 처음으로 쓰고 있습니다. 물론 고래 동화나 전래 동화 모두 옛날부터 전해오는 동화라는 뜻입니다.

그러니까 '전래 동화'란 말은 20세기 전반에 탄생한 말로서 그 이전에는 없었으므로 지금 우리가 전래 동화로 알려져 있는 옛 이야기가 애초에 모두 어린이만을 대상으로 전승된 것이 아니라는 점을 알 수 있습니다. 어린이를 대상으로 한 전래 동화는 이러한 과정으로 거치면서 다시 썼거나 수정되었을 것입니다. 이 점은 그 당시 발굴된 동화와 원래의 민담을 비교해보면 금방 알 수 있습니다. 이야기 속에 잔인하거나 어린이 수준에 맞지 않는 것은 모두 어린이들이 이해할 수 있게 삭제하거나 교훈적인 것으로 바꾸었습니다.

그래서 대다수의 전래 동화의 주제가 무엇이냐고 물어보면, 두 말 않고 '권선징악(勸善懲惡)'이라고 대답하는 사람들이 많은 이유가 바로 이 때문입니다. 전래 동화라고 하면 반드시 무슨 교훈이 있어야 한다고 믿는 버릇이 생기게 되었던 것입니다. 앞에서 우리나라 최초의 동화집이라고 소개한 『조선동화집』의 이야기도 모두 교훈적인 것으로 이야기가 바뀌거나 수정되어 있습니다.

많은 설화나 민담이 비록 전래 동화라는 영역에 들어갔지만, 원래의 그것은 어린이들만을 위한 교훈 따위를 주려고 만들어진 것이 아님은 확실합니다. 그래서 본디의 설화나 민담에는 우리 조상들의 모습이나 인간의 보편적인 삶의 모습을 은유나 풍자, 상징으로 표현하거나 때로는 직설적으로 나타내기도 하였습니다. 그런 탓에 민담의 이야기들을 전래 동화로 옮겨오면서 부적절한 폭력성이나 여성 비하, 부정적 요소를 모두 빼버리고 다시 쓰는 것이 교육적인 면에서는 필요할 수도 있겠지만, 우리의 옛 모습을 가감 없이 제대로 아는 데에는 방해가 됩니다. 다시 말해, 그러한 내용을 없애고 긍정적인 면만 채워 넣는 것은 이야기의 본래 모습에 대한 왜곡입니다. 기독교 성서에는 비교육적이거나 잔인한 것이 없나요? 최초의 인간인 아담의 아들 카인이 그의 동생 아벨

을 돌로 쳐 죽이는 살인 사건이 인류의 서막이 아닙니까? 그
렇다고 해서 성서를 비교육적인 것이라 하여 아이들에게 보
여주지 않도록 배려합니까?

바로 이 부분에 우리는 주목해야 합니다. 전래 동화처럼
고쳐 써버리면 그 이야기는 우리 민족의 현실과 더 멀어지게
됩니다. 그림 형제가 다시 쓴 서양 동화의 운명이 그렇듯 이
야기 속의 현실을 상실해버리고 말합니다. 아마도 조선총독
부가 우리나라의 민담을 동화 형식으로 엮은 『조선동화집』을
최초로 펴낸 것도 이런 숨은 의도(음모)가 있었는지도 모릅
니다.

민담은 단순히 어떤 몽상가에 의해 만들어진 이야기가 아
닙니다. 민담은 주로 상징이나 은유를 가지고 민중의 삶을
이야기하는 것이고, 철학은 개념을 가지고 이야기합니다. 철
학이나 민담이나 삶을 이야기한다는 점에서는 공통점을 갖
고 있습니다. 철학자인 필자가 이렇게 민담을 다루는 것도
바로 이런 이유 때문이기도 하지만, 무엇보다 전통 철학이
양반이나 배운 지식인 위주의 사유라면, 민담에는 민중의 생
생한 생각들이 녹아 있어 나름대로 충분한 가치가 있다고
여기기 때문이기도 합니다.

그래서 필자는 가능한 원래의 이야기를 살려서 쓰려고 합
니다. 그리고 이야기에서 빠진 유형이나 변이도 적당한 곳에
서 소개하려고 합니다. 그래야 다양한 우리 문화를 접할 수
있다고 생각합니다.

무감각 무감동

이 이야기는 필자가 초등학교 6학년 때의 국어 교과서에
도 실려 있었던 것으로 기억합니다. 혹시 5학년이나 4학년인
지도 모르겠습니다. 잘못 기억할 수도 있으니까요. 제대로
기억했다면 그때가 1960년대 후반이니까 지금으로부터 40
년이 넘습니다. 그러나 사실은 나중에 연구하면서 알았지만,
1955년부터 1972년 사이 초등학교 3학년 교과서에 실렸던
이야기입니다.

당시 이야기는 나무꾼이 두레박을 타고 하늘나라에 올라
가 선녀와 아이들을 만나 행복하게 살았다는 부분에서 끝을
맺었던 것으로 기억합니다. 대부분의 사람들도 여기가 이야
기의 끝부분으로 알고 있습니다. 모든 민담이 그렇듯이 입에
서 입으로 전해졌기 때문에 이야기마다 조금씩 다를 수 있
다는 것을 인정한다면, 그러한 차이를 문제 삼을 필요는 없
습니다.

그런데 당시 이 이야기를 읽을 때, 사슴이 말을 한다든지
선녀가 있다든지 아니면 하늘나라에 사람이 두레박을 타고
올라간다든가 하는 것을, 이미 필자의 나이 또래 아이들은
믿지 않았습니다. 과학이 지금처럼 발달하지도 않았고 또 영
악하지도 못했던 옛날 사람들은 그것을 곧이곧대로 믿을 수
도 있었겠지만, 근대식 교육을 받은 입장에서는 이야기 자체
만으로는 아이들의 흥미를 끌지 못했습니다. 이 이야기를 액
면 그대로 믿기에는 현실에 맞지 않았기 때문입니다. 그래서
그 또래 아이들에게 재미가 없었던 것입니다. 좀더 어린 학

생들에게 읽혔다면 재미가 있었을지 모르겠습니다. 그래서 당시에는 무감각하게 받아들였고 따라서 아무런 감동도 없었던 것 같습니다.

단지 이해할 수 없었던 것은 비록 나무꾼이 사슴을 살려 주었지만, 그 착한 일에 대한 대가로 선녀와 결혼하기 위해 거짓말이나 속임수를 써야 하는가 하는 점이었습니다. 목적 달성을 위해 비열한 술수를 쓰는 나무꾼의 행동이 전혀 감동 깊게 와 닿지 않았습니다. 그 어린 나이였지만 어렴풋이 떠오르는 생각은, 옷을 훔쳐 나약한 선녀를 아내로 삼는다는 것이 도덕적으로 정당하지 않다고 여겼던 것 같습니다. 게다가 자기의 목숨을 구해주었다고 해서, 그런 비밀을 은혜 갚는 일에 사용하는 사슴도 물론 이해할 수 없었습니다. 그리고 이런 이야기가 국어 책에 실린 것도 참 이상했습니다. 이제야 알게 되었지만, 이 '나무꾼과 선녀' 이야기는 어린이들이 쉽게 이해할 수도 없고, 또 어린이들에게 전혀 해당이 안 되는 이야기입니다. 그래서 흥미가 없었던 것입니다.

어쨌든 그 당시의 이 이야기가 전혀 감흥이나 호기심을 불러일으키지 못했고, 그저 단순한 옛날이야기를 듣는 수준이어서 내 자신의 삶과 아무런 관련도 시키지 못했습니다. 지금 생각해보니 그것은 너무나 당연한 결과입니다. 초등학교 3학년 어린이가 얼마나 인생을 많이 살았다고, 옛날 사람들이 숨겨놓은 그 오묘한 뜻을 이해하겠습니까? 남녀 간의 애틋한 사랑을 어찌 다 이해하겠습니까? 더구나 사랑도 모르는데 부부나 부모 자식 간의 인지상정을 알 도리가 없지요.

그건 너무나 당연한 일입니다. 이 이야기는 원래 어린아이들에게 들려주는 동화가 아니었기 때문입니다. 그냥 성인인 어른들이 그들의 관심사에 의해 입에서 입으로 전해지던 이야기일 뿐이었습니다. 주제가 성인들 사이에 일어나는 일인데, 그런 경험도 없고 또 그것을 받아들일 정도로 성숙하지도 못한 아이들이 이해할 것이라고 교과서에 실은 것 자체가 난센스요 무지의 소치입니다. 아마도 이 이야기를 섣불리 전래 동화라고 여겼기 때문에 생긴 일로 보입니다.

그래서 그 나이 또래 아이들이 생각할 수 있는 주제는 고작 사슴처럼 은혜를 갚아야 한다고 생각하거나, 위기에 처한 나약한 사람을 도와주어야 한다고 생각하게 되었지요. 그 근거로 사슴은 두 번이나 은혜를 갚기 위해 나무꾼을 도와주었고, 나무꾼은 그 뒤 하늘나라에서 행복하게 살았다는 것으로 끝을 맺었습니다. 그 뒤로 나무꾼이 지상에 내려와 수탉이 되어 불행해지는 이야기는 나오지 않습니다. 그래서 사슴의 은혜라는 것이 과연 남(선녀)에게 두 번이나 사기를 쳐야만 하는 것인가 하여 가치관의 혼란을 애써 외면해야 하는 괴로움을 맛볼 수밖에 없었습니다. 도덕적으로 예민한 어린이라면 말입니다. 그렇지 않다면 목적 달성을 위해 속임수를 써도 된다고 생각할 수도 있었겠지요.

백 번 양보해서 어른 사회의 일을 어렴풋이 이해한다고 해도, 옛날과 지금의 문화나 가치관이 엄청나게 다른데, 이야기를 이해하는 자체가 무리입니다. 그것은 어쩔 수 없이 누군가에 의하여 재해석되어 들려주어야 하는 것입니다. 바로 지금 여러분들이 읽고 있는 이 내용입니다. 해석되지 않은 민담을 해석할 수도 없는 사람들에게 들려주는 것은 왜곡과 오해를 일으킬 수 있습니다. 만약 그렇지 않다면 목사님이나 신부님 같은 성직자는 필요하지 않겠지요. 그냥 성서만 읽으면 되니까요.

물론 이야기를 현대적 감각에 맞게 바꾸어 아름답게 꾸며서 읽게 할 수도 있습니다. 아이들에게 흥미도 끌고 교훈도 주면서 말입니다. 이러한 교육적 작업도 매우 중요합니다. 그러나 이러한 작업도 신중을 기해야 합니다. 은혜를 갚거나 권선징악 등을 다루는 틀에 박힌 이야기는, 오히려 아이들의 상상력을 죽여버리고 할리우드 작품 식으로 일방적인 면만 보게 만들어, 다양한 세계와 문화에 대하여 편견을 갖게 만들어버립니다.

이보다 더 큰 문제는 자기 역사나 문화에 대하여 왜곡시키거나 제대로 교육시키지 않는 것입니다. 자신의 뿌리에 대하여 무지하거나 무시한다면 그것은 자기 부정입니다. 자기를 부정하는 사람은 행복하게 살 수 없고 당당하지도 못합니다. 언제나 자기는 못 낫고 남이 잘 낫기 때문에 남에게만 배우는 사람이 됩니다. 그것은 정신적 노예로 사는 것과 마찬가지입니다. 우리 문화나 전통을 아끼고 사랑해야 하는 것은 바로 이런 이유 때문입니다. 다른 나라의 신화나 이야기를 내가 잠시 받아들일 수는 있지만, 계속해서 그렇게만 한다면 그것은 언제나 내가 부정되고 남이 칭송되는 태도를 낳습니다. 내가 한국에 살아도 이렇듯 내 정신이 서양인 또는 외국인의 그것이라면, 이미 나는 부정되고 내 자신은 더이상 한국인이 아닙니다. 우리의 민담을 아끼고 그 내용을 왜곡하지 말아야 하는 이유가 바로 여기에 있습니다.

읽을수록 의문투성이인 이야기

'나무꾼과 선녀' 이야기는 그렇게 간단한 이야기가 결코 아닙니다. 이 이야기에는 남녀 사이의 사랑과 관련된 요소가 많아서 많은 사람들이 좋아합니다. 노래로도 만들어지고, 남녀들이 서로 자신을 나무꾼과 선녀에 빗대서 말하기를 좋아하기도 합니다.

그런데 이 이야기에는 자잘한 의문이 많아 독자들의 관심을 충분히 끌기도 하지만, 그보다도 가장 큰 관심거리는 주제가 무엇이냐 하는 점입니다. 연구자들 사이에서 공통된 주제를 찾기 어렵다는 점은 그것을 잘 말해줍니다. 주제에 관해서는 나중에 따로 말하겠습니다마는, 우선 독자들께서 이 글을 읽어가면서 마음속으로 주제가 무엇인지 생각해보기 바랍니다. 자신의 생각과 맞아떨어졌을 때 독서의 기쁨은 몇 배로 증가하기 때문입니다.

그런데 사실, 사람들은 주제보다 교훈을 먼저 생각하는 경향이 있습니다. 특히 옛 이야기의 경우 당연히 교훈이 있어야 한다고 생각합니다. 이 점은 앞서도 얘기했듯이, 아마도 우리나라 최초의 동화집이 만들어진 이후 하나같이 교훈에 초점을 맞춘 데에서 기인한 고정 관념이라고 생각합니다. 아이들에게 들려주는 동화니까 당연히 교훈이 있어야 한다고 생각한 모양입니다.

그러나 이미 설명했듯이, 옛 이야기가 반드시 어린이들에게 교훈을 주려고 생긴 것만은 아닙니다. 물론 어린이들에게 교훈이 되는 이야기도 더러 있기는 하지만, 모든 이야기를 교훈에 초점을 맞출 필요는 없습니다. 학교 국어 시간에는 문학을 공부하게 되는데, 문학이 발생하는 원인을 따져보면 꼭 교훈을 말하기 위한 것이 아님을 알게 될 것입니다. 이것은 과거 민중들이 이 이야기를 만든 의도와 관계됩니다. 옛 이야기는 다양한 의도에 따라 만들어집니다. 교훈도 그 가운데 하나입니다. 어쩌면 이야기의 주제는 바로 이 의도와 관계를 맺고 있습니다. 그러니까 여러분들은 이 '나무꾼과 선녀'의 이야기를 만든 의도가 무엇인지 따지면서 그 주제를 생각해보기 바랍니다.

주제를 찾아보기 전에, 우선 자잘한 의문점부터 나열해보면 아마도 이런 점일 것입니다. 우선 가장 큰 문제로 등장하는 것은 반강제, 곧 비열한 속임수에 당하여 혼인한 선녀는 말할 것도 없고, 그런 행위를 하면서까지 혼인한 나무꾼도 과연 행복했을까 하는 점입니다. 진정한 행복이란 나뿐 아니라 내가 사랑하는 나의 짝도 행복해야 하기 때문입니다. 그 때문에 나무꾼은 선녀에 대하여 늘 측은하고 미안한 마음을 가지고 살았는지 모릅니다. 그래서 아이 셋이나 낳을 때까지 날개옷을 보여주지 말라는 사슴의 당부를 잊고 둘 낳았을 때 보여주었을 것입니다.

혼히 우리는 이런 비열할 기만, 곧 속임수에 대하여 분노를 느낍니다. 그러나 여러분들이 좀 자라서 세상을 보면 인생사가 순진무구한 도덕군자처럼 깨끗하게 살게 내버려둘 정도로 만만치 않습니다. 아니 때로는 그럴 필요조차도 느끼지 못합니다.

인간에게는 누구나 가면이 필요하다는 철학자 니체의 말을 상기하지 않더라도, 인간이 남녀를 불문하고 자신의 짝을 고를 때조차도 그런 조그마한 기만이나 과장이 전혀 없던가요? 가령 남성이 여성에게, 반대로 여성이 남성에게 잘 보이기 위해서 화장을 하거나 멋진 옷을 입거나 모양을 내는 것도 자신의 본 모습을 감추거나 과장한다는 입장에서 볼 때 일종의 기만입니다. 이 이야기는 그런 상황을 다소 과장되면서 리얼하게 형상화시킨 작품이 아닐까요? 그래서 인간의 생활에서 그럴 수 있다는 그런 심오한 뜻을 말해주는 걸까요?

또 은혜를 갚기 위해 비록 비열한 방법이지만, 그 사람에게 도움이 된다면 해도 되는 것일까요? 내가 은혜를 갚기 위해 그 사람이 또 다른 사람에게 피해를 주어도 되는 것일까요?

다음으로 나무꾼은 영악한 사람인지 아니면 어리석고 순진한 청년인지 살필 필요가 있습니다. 이에 대한 답은 매우 중요합니다. 이 이야기의 주제의 방향을 뒤흔들 만큼 중요성을 갖기 때문입니다. 만약 나무꾼이 영악하거나 간교하다면, 나무꾼과 같은 성향을 지닌 남자들을 '늑대'로 여길 수 있습니다. 남성들을 늑대로 본다는 것은 한마디로 남성들을 동물처럼 야비하거나 본능에 충실한 것으로 보는 시각입니다.

또 이런 것도 생각해볼 만합니다. 곧 선녀들은 왜 보름날 지상에서 목욕하기를 원했나 하는 점입니다. 하늘나라에도 물을 마시고 살아야 하니 우물이나 냇물이 있을 텐데 왜 하필 지상에서 목욕을 원했을까요? 그리고 더 이상 지상에서 목욕을 할 수 없자, 두레박으로 물을 퍼 올려서라도 목욕을 한 이유는 무엇일까요? 단순히 그것이 나무꾼과 선녀를 이어주기 위한 문학적 장치였을까요? 아니면 지상의 물로 목욕하지 않으면 안 되는 이유라도 있었을까요?

그리고 선녀가 하늘나라로 올라갈 때 왜 나무꾼은 버려둔 채 아이들만 데리고 갔을까요? 반강제로 혼인한 나무꾼은 미워도 아이들은 버릴 수 없다는 모성의 본능일까요? 당시 조선시대의 풍습에 따르면 반강제의 혼인도 혼인인데, 하늘 같은(?) 지아비를 버려두고 도망간다는 것이 어디 가당키나 한 일일까요? 그것이 사람이 아닌 선녀니까 가능했다고 인정해준 걸까요? 아니면 무능하고 못난 남편에게 시달림을 당하는, 당시 남편보다 유능하고 잘난 여성들의 심리를 상징하는 걸까요?

한편, 나무꾼이 하늘에 올라가 시험을 치를 때 선녀가 도와주는 까닭은 또 무엇일까요? 어떻게 보면 자신의 신세를 망친 사람이고, 그래서 하늘나라로 도망까지 왔는데, 그런 '원수'를 도와주는 마음은 또 어떻게 보아야 할까요? 밉지만 아이들의 아버지라서 그럴까요? 아니면 미운 정도 정이니까 그동안 지상에서 같이 살았던 정 때문일까요? 그도 아니면 선녀는 자신을 속인 나무꾼이 싫은 것이 아니라 그가 사는 공간인 지상에서의 삶만 싫었을까요?

또 나무꾼은 죽어서 왜 하필 수탉이 되었을까요? 다른 물건이나 동물도 있는데 말입니다. 그리고 왜 결말이 행복하지 않을까요? 이야기가 반드시 끝에 가서 행복해야 한다는 법칙이 있는 것은 아니지만, 행복한 결말을 맺는 대다수의 이야기와도 다르며, 또 그러기를 바라는 많은 사람들의 기대에도 어긋나기 때문입니다. 그리고 사슴이 사람처럼 말을 한다는 것도 이해하기 힘들지요? 이 이야기가 『이솝우화』 같은 것도 아닌데 말입니다.

그런데 이상하리만치 이런 점에 대해서 질문하는 아이들이 거의 없습니다. 다른 이야기, 예를 들어 「콩쥐팥쥐」 같은 경우에도 왜 착한 여자아이 이름은 콩쥐고 나쁜 여자아이 이름은 팥쥐인지, 그리고 이름에 붙는 '쥐'가 징그러운 쥐와 같은 것인지 묻는 어린이도 여태 찾지 못했습니다. 이것은 아마도 여러분들이 전래 동화에 대해서 대수롭지 않게 여기면서 듣거나 읽었기 때문입니다. 뭔가 모르는 게 있으면 밥맛도 잃고 잠도 안 와야 합니다. 그래야 알고 넘어가게 됩니다. 모른 것에 대하여 그냥 넘어가지 않는다면, 그 사람은 언젠가 성공합니다. 비록 남보다 느리더라도 말입니다. 모르는 것이 있는데 무시하고 넘어가는 사람은 성공하기 힘듭니다. 그 사람은 모르는 것이 있으면 언젠가 알게 되겠지 하면서 언제나 뒤로 미루기 일쑤입니다. 그러다가 영영 모른 채 사는 사람도 많습니다. 성공의 비결은 이런 단순한 사실에 있습니다.

의문이 크고 문제가 크면 그것의 해결도 결과도 큽니다. 많이 고민할수록 많이 알고 적게 고민할수록 적게 압니다. 비단 전래 동화만이 아니라 여러분들이 자주 대하는 교과서의 내용 가운데서도 이렇게 모르는 것을 찾아 해결하려는 태도는 매우 중요합니다. 어떤 사람은 초등학교 때 궁금하게 여기던 것을 알기 위해 평생 연구하면서 유명한 학자가 된 이도 있습니다. 가령 어린 나이에 할머니를 따라 절에 갔는데, 부처님의 머리카락이 고동처럼 뽀글뽀글하게 생긴 것을 보고, 무슨 까닭으로 그리되었는지 알아보기 위해 평생을 공부했다고 합니다. 사실 알고 보면 그게 그렇게 단순한 것이 아니거든요. 불교의 발생과 전파 과정 그리고 그 발생과 전파 지역의 예술이나 문화를 알아야 가능한 문제이기 때문입니다.

이제 필자가 여러분들에게 전래 동화나 민담을 해석하고 설명하는 과정에서 여러분들이 쉽게 이해하기 위해 학교에서 배운 방법을 적용하도록 하겠습니다. 그것이 무엇이냐 하면, 초등학교 고학년 이상이라면 누구나 다 아는 것이지만, 소설의 3요소를 중심으로 설명하는 방법입니다. 그 3요소가 무엇이지요? 네, 인물과 사건과 배경이지요. 이 이야기는 소설은 아니지만 소설처럼 이 세 가지 요소로 분석할 수 있습니다.

우선 인물을 탐색하면서 인물의 성격이나 행동, 가치, 신넘 등을 분석하고, 이야기가 펼쳐지는 과정을 통해 사건을 따져볼 것입니다. 그리고 배경은 주제를 뒷받침하는 시대적 또는 사회적 환경이나 장소를 말하는데, 중요하게 취급될 것입니다. 특히 문화적 배경과 주제의 관계에 주목할 것입니다. 작품 속에 녹아 있는 문화나 가치를 찾는 것은 매우 중요합니다. 그리고 사건과 배경의 관계, 곧 사건의 전개는 배경과 큰 관계를 맺게 되는데 이런 것들이 모두 분석됩니다.

사실 이런 점은 필자가 초등학교 교사로서 잘 알고 있는 사실인데, 초등학생들이 배우는 교육 과정에 녹아 있는 것들입니다. 그러니까 초등학교 교육 과정을 정상적으로 마친 학생들은 쉬운 작품을 이 같은 방식으로 이해해야 한다는 것입니다. 그렇지 못하다면 여러분들의 학력에 대해서 부실했다는 점을 스스로 고백하는 것이므로, 겸허하게 반성하는 마음속으로 복습해야 합니다. 따지고 보면 우리나라 국민의 평균 지적 수준도 이렇게 초등학교 교육 과정의 목표 도달 수준에 못 미친다고 봅니다. 초등학교 교육 과정을 절대로 우습게보아서는 안 됩니다.

나무꾼은 가난한 사람의 대명사

여러분은 나무꾼을 본 적이 있습니까? 아니면 산에 가서 땔감으로 쓸 나무를 잘라온 적이 있습니까? 아마 아궁이에 불을 때는 일이 흔치 않은 요즘 세상에 산에 가서 나무를 땔감으로 잘라올 일도 없지만, 그것을 직업으로 하는 사람은 눈을 씻고도 찾기 어려울 것입니다.

그러나 나이가 사오십 대인 분들은 어느 정도 나무꾼에 대해서 알 것 같기도 합니다. 지금으로부터 30년 전만 해도 대부분의 농촌에서는, 밥을 짓거나 음식을 하거나 겨울에 방을 따뜻하게 할 때는 모두 아궁이에 땔감을 태워서 했습니다. 도시 지역에는 주로 연탄을 사용했지요. 그래서 농촌 아이들은 초등학교 때부터 산에 가서 땔감으로 나무를 잘라오거나 낙엽이나 솔잎, 솔방울을 긁어모아 가지고 와야 했습니다. 나무를 잘라오더라도 아무 나무나 톱으로 밑동부터 쓱싹 잘라와서는 안 됩니다. 벌거숭이산이 되면 홍수나 산사태가 나기 때문에 나라에서 나무를 함부로 베지 못하도록 금하였습니다. 그래서 죽은 가지나 나무 밑둥치, 쓸모없는 가지를 잘라오거나 잡목 또는 낙엽을 긁어서 땔감으로 이용했습니다. 필자도 어렸을 때 나무를 많이 해보았습니다. 그 때문에 지금도 왼쪽 손등에는 그때 낫에 베인 흉터가 여러 개 남아 있습니다.

다음 쪽에 나오는 사진은 구한말에 장작을 만들어 도시에 지고 와서 파는 나무꾼의 모습인데, 직업적인 나무꾼인지 농부가 잠시 장작을 패서 팔러 나온 것인지는 알 수 없으나 좌우간 나무꾼의 나뭇짐을 잘 보여주고 있습니다. 뒤의 김홍도 그림에서는 필자가 어렸을 때 필자 자신의 모습이나 주변에서 흔히 볼 수 있는 풍경입니다. 나무를 밑동부터 베어온 것이 아니라 죽은 가지나 옆가지를 잘라 가지런히 묶었습니다.

나무를 해오는 일이 다소 힘이 들기는 했지만, 아침저녁으

▷구한말 장작을 만들어 지게에 지고 팔러온 지게꾼. 권혁희, 『조선에서 온 사진엽서』, 민음사, 2005. 28쪽(부분).

로 밥을 지을 무렵 동네 모든 집들의 굴뚝에서 하얀 연기가 피어오르면, 마치 한 폭의 그림처럼 아름답게 보입니다. 아직도 그 연기들이 나의 주위를 감싸는 따뜻한 이불처럼 느껴지며 향기가 나는 듯합니다. 지금은 그러한 풍경을 다시 볼 수 없다는 생각에 묘한 향수를 불러일으킵니다.

그러나 석유나 가스는 고사하고 연탄도 없던 옛날의 도시 사람들도 모두 나무를 이용해 난방을 하거나 음식을 조리해야 했습니다. 특히 집들이 모여 사는 성 안의 사람들은 이웃에게 피해를 주지 않기 위해 연기가 덜 나는 장작이나 숯이 필요했습니다. 그래서 장작을 만들어 팔거나 숯을 구워서 파는 나무꾼이 생겨났던 것입니다. 필자도 어렸을 때 나무를 짊어지고 읍내 저자에서 나무를 팔아 살아가는 사람을 보았습니다. 읍내 사람들은 직접 산에 가서 나무를 구하기가 쉽

▷김홍도의 「고누놀이」(국립중앙박물관).

지 않았기 때문에 나무를 사서 땔감으로 이용했습니다.

　그런데 대부분의 시골에서는 농사를 짓는 여가에 나무를
해오기도 했지만, 진짜 나무꾼은 자신이 가진 농토가 없었던
탓에 산자락이나 산 근처에 살면서 나무를 하거나 약초 등
을 캐서 팔아 생계를 꾸려갔습니다.

이런 나무꾼들은 대개 가진 것이 없고 신분도 낮아 늘 가난에 쪼들렸습니다. 개중에는 지주들이나 탐관오리의 횡포를 피해온 경우가 대부분이며, 역모 죄에 몰려 도망쳐온 사람의 후손들이나 노비도 있었습니다. 대개 민담이나 전래 동화 속에는 홀어머니와 노총각이 단골 주인공으로 등장하는데, 나무꾼이 등장하는 여러 유형도 이와 같습니다. 이들은 사회적으로 볼 때 낮은 계층에 속한 약자들이었습니다.

그러니까 우리 이야기에서 사회적으로 낮은 계층이자 천한 신분에 속한 나무꾼과, 가장 이상적이고 흠모의 대상인 선녀의 결합은 어쩐지 처음부터 예사롭지 않지요?

홀어머니와 노총각

홀어머니와 노총각은 설화의 단골손님입니다. 그것도 늙고 병든 홀어머니와, 약간 모자란 듯하고 가난해서 장가도 못 간 노총각 말입니다. 그래서 가끔은 영악한 동네 아이들의 놀림감이 되기도 하고, 동네 개들의 으르렁거리는 소리에 놀라 꽁무니를 뺄 정도로 어리석어보입니다.

이야기 속의 홀어머니는 대개 친척도 없습니다. 오직 아들 하나만 바라보고 사는 외로운 사람입니다. 일찍부터 남편을 잃었기 때문에 무척 고생하며 아들을 길러낸 사람일 수도 있습니다. 아니면 노총각은, '전설의 고향'에 나오듯 청상과부와 과거 보러가는 나그네 사이에서 하룻밤 사랑의 결실로 태어난 자식인지도 모릅니다. 그것도 아니면 홀어머니는 혼인 전에 임신해서 도망을 온 사람인지도 모릅니다. 그래서 나무꾼은 아이를 가질 수 없는 처지에 원하지 않은 임신으로 태어난 사람일 수도 있습니다. 당시는 비정상적인 혼인 관계에 의하여 아이를 낳는 것은 사회적으로 용납될 수 없는 일이었기 때문입니다.

요즘은 싱글 맘이라고 해서 아버지 없이도 아이를 갖거나 키울 수 있고, 아이의 성(性)을 어머니의 성으로 만들 수도 있습니다. 그리고 그 어머니가 스스로 당당할 때 아무도 그녀를 욕하지 않고 사회에서 불이익도 주지 않습니다. 오히려 용기 있는 여성으로 칭찬하기도 합니다. 그러나 당시는 오늘날과 같은 인간의 자유나 인권 그리고 사생활이 보장받는 시대는 아니었습니다. 사회적 예법이 있어서 누구나 거기에 맞추어 살아야 했습니다. 그 법도나 예법을 어기면 인간으로서 대접을 받지 못했고, 그것을 피해 살기 위해서는 사람의 왕래가 적은 산간벽지나 마을과 멀리 떨어진 곳, 남들이 알아보지 못하는 곳에 살아야 했습니다.

당시의 사회적 예법이란 일종의 관습법으로 사실상 오늘날의 법률과 같은 작용을 했습니다. 사는 집의 규모나 복색(옷차림), 교육, 사회적 대우가 신분에 따라 엄격히 정해져 있었습니다. 만약 어떤 사람이 자신의 신분에 맞지 않는 옷차림이나 행동을 했다가는 감당할 수 없는 사회적 반향을 일으키고 매장당하기 일쑤였습니다. 그러한 예법을 따지는 이유는 사회적 질서를 유지하기 위함인데, 결국 그 사회적 질서라는 것도 따지고 보면 왕이나 사대부 양반에게 유리한 것이었습니다. 평민이나 노비들에게는 신분적 차이를 극복할 수 없는 멍에와 같은 것입니다.

　이러한 예법을 통한 사회적 질서의 확립은 물론 국가의 제도로 정해져 있었지만, 사상적으로도 그것을 지탱해주고 있었습니다. 그래서 사람들은 자신의 신분은 어쩔 수 없이 하늘이 정해준 것이라 믿고 운명처럼 받아들였습니다. 다만 몇몇 앞서가는 생각을 하는 사람들은 그것을 마음속으로 부정하였지만, 그렇다고 공공연히 떠들지는 못했습니다. 그것은 오늘날 남한 사회에서 자신이 사회주의자나 무정부주의자 또는 공산주의자라고 떠드는 것만큼이나 위험한 행동이기 때문입니다.

　신분이 귀하다면 당연히 사람들 속에서 떵떵거리며 살 수 있었겠지만, 신분도 보잘것없고 뭔가 숨겨야 할 것이 있는 경우라면 사회적으로 대우받고 사는 사람은 결코 아닙니다. 이들에겐 어려운 일이 있거나 힘든 일이 있어도 도움을 청할 사람도 없습니다. 만약 그 홀어머니가 젊은 여성이라면 온갖 남자들의 유혹과 시선까지 참아내야 합니다. 여러 가지 구설수에 오를 수도 있어 행동도 조심해야 합니다. 가난하기 때문에 무슨 일이든 해서 먹고살아야 하는데, 그러기엔 행동의 제약이 많아 마을에서 멀리 떨어진 외딴 곳에 사는 것입니다. 이는 외로운 처지를 더욱 돋보이게 하는 문학적 배려라 하겠습니다.

　홀어머니와 함께 등장하는 노총각은 대개 효성이 지극합니다. 우리의 나무꾼도 마찬가지입니다. 간혹 너무 순진하고 바보 같은 모습으로 등장하긴 하지만, 모두 정직하고 착한 것이 공통점입니다. 그가 실제 바보라서 그런 것이 아니라, 자라온 환경과 배운 것이 없는 탓에 그런지도 모릅니다. 친구도 없이 혼자서 자랐기 때문에 사람을 대하는 데 사교성이 없거나 자신감이 부족해서 그런지도 모르겠습니다.

이 참에 환경이라는 말이 나왔기 때문에 한마디 덧붙여보겠습니다. 물론 여기서 말하는 환경이란 가정 환경이나 성장 배경을 말하는 것이지만, 옛날에는 홀어머니 밑에서 자란 남자아이들에 대하여 편견을 갖는 경우가 많았습니다. 아버지가 없기 때문에 아버지에게 배운 것이 없어서 남성답지 못할 것이라는 편견이 작용했습니다. 조금이라도 실수하면 아비가 없어서 제멋대로 자랐다고 비아냥거렸습니다. 그래서 사람들은 웬만해서는 이런 홀어머니 밑에서 자란 아들에게 자신의 딸을 시집보내려고 하지 않았습니다. 아내를 사랑하는 것보다 홀어머니의 영향에서 벗어나지 못할 것이라는 우려가 작용했기 때문이지요. 이런 맥락에서 실제로 이 '나무꾼과 선녀' 이야기를 이 같은 각도에서 연구한 학자들도 있습니다.

그러나 그 홀어머니 가운데는 아버지 이상으로 자식에게 엄격한 사람들이 많았습니다. 자상한 어머니보다는 아버지의 엄격한 대리자로서 역할을 했다는 뜻입니다. 물론 그러한 교육의 영향으로 훗날 훌륭한 인물이 된 사람들도 많습니다.

주위에 성인 남성이 없기 때문에 아이의 성격 형성에 문제가 생길 수 있다는 생각은 현대 심리학적 이론에서도 볼 수 있습니다. 특히 오스트리아의 정신과 의사인 프로이트에 의하여 창안된 정신분석학에서는 어렸을 때 남성이나 여성으로서의 성(性) 역할 결핍에 의하여 성인이 되었을 때 문제가 된다고 보고 있습니다.

또 남자아이가 커서 씩씩하고 정의롭고 활달하게 되는 데는 그러한 행동을 보인 아버지를 모방하는 데서 찾는 심리적 모방 이론이라는 것도 있습니다. 그래서 어린아이에게 엄격하고 선과 악을 분명히 구분하는 신의 대리자로서 아버지의 역할보다, 따뜻하고 이해심이 많고 용서하며 너그러운 어머니의 영향만을 받은 남자아이는 후에 당당한 성인으로 성장하는 데 지장을 초래할 수도 있다고 합니다. 이런 사람은 자라서 인격이 독립적이지 못하여 의타심이 많고, 우유부단하여 옳고 그름에 대한 태도가 불분명하며, 자기 중심적인 태도를 갖는다고 합니다. 바로 우리의 나무꾼도 이러한 심리적 결핍을 충분히 안고 있는 것입니다. 다시 말해 성인이 되어서도 엄마의 치마폭을 벗어나지 못하는 가능성을 충분히 안고 있다는 뜻입니다.

이 사실은 필자가 초등학교 교사로서 아이들과의 대화에서 확인한 내용들입니다.

영악하지 못한 나무꾼

이 이야기에 나오는 나무꾼은 어떤 사람일까요? 다시 말해, 나무꾼은 어떤 성격을 지녔을까요? 여기서 나무꾼의 성

격을 파악하는 것은 이 이야기의 주제를 파악하는 데 매우
중요한 단서를 줍니다. 왜냐하면 나무꾼의 성격에 따라 그의
행동의 동기나 의도를 파악할 수 있고, 사건의 전개가 어떤
의미를 지니고 있는지, 그리고 주제와 어떤 관련이 있는지
살펴볼 수 있기 때문입니다. 다시 말해 선녀의 날개옷을 훔
치거나 나중에 선녀와 아이들을 찾기 위해 두레박을 타는
것, 그리고 하늘나라에 가서 옥황상제와 숨바꼭질을 하는 일
의 의미를 나무꾼의 성격과 관련지어 이해할 수 있기 때문
입니다.

우선 나무꾼은 성격이 모질거나 잔인하지 못하고 인정이
많다는 것을 알 수 있습니다. 그 근거로 사냥꾼에게 쫓기는
사슴을 숨겨주는 장면과, 아내가 날개옷을 입고 싶어하자 선
뜻 내어주는 장면에서 확인할 수 있지요. 또 이 이야기의 다
른 유형에서는 쥐와 같은 동물을 구해주는 장면도 나옵니다.

두 번째로 생각할 수 있는 것은 나무꾼이 기만, 곧 속임수
를 사용하지만 치밀하거나 영악하지 못하다는 점입니다. 분
명 사슴은 아이 셋(어떤 유형에서는 넷)을 낳을 때까지 날개
옷을 절대로 보여주어서는 안 된다고 당부했는데, 나무꾼은
그 말을 소홀히 생각하고 날개옷을 보여주었습니다. 만약 그
가 치밀하고 영악한 사람이라면 절대로 보여주지 않았을 것
입니다. 비록 아이 셋을 낳았다고 할지라도 말입니다. 아마
도 날개옷을 훔친 비밀을 무덤까지 가지고 갔을 것입니다.
아내가 실망하는 모습을 보고 싶지 않다면 말입니다. 마치
현대의 똑똑한 부부들이 혼인 전에 있었던 자신들의 비밀에

대해 상대방에게 절대로 말하지 않는 것과 같이 말입니다. 또 하늘나라에 올라가서 시험을 볼 때 화살을 절대로 꺼내보지 말라는 선녀의 당부를 잊고 꺼내보는 것도, 그가 철저하지 못하다는 증거입니다. 그리고 그가 치밀한 사람이라면 아무리 지상의 것이 그리워도 다시 내려오지는 않았을 뿐더러, 어머니가 주는 뜨거운 팥죽을 말 위에서 받아먹는 일은 없었을 것입니다.

세 번째로, 나무꾼은 우유부단하며 스스로 문제를 해결하지 못합니다. 이 점은 그가 나이가 들도록 장가들지 못했다는 점, 물론 신분이 낮고 가난했기 때문에 어쩔 수 없는 일이기는 하지만 어쨌거나 능력 부족으로 인정됩니다.

네 번째로, 선녀가 지상 생활에서 행복을 느껴 하늘나라를 잊도록 남편으로서 역할을 충분히 해주지 못했다는 점을 생각할 수 있습니다. 아무리 선녀라고 해도 나무꾼이 진정으로 사랑했더라면 떠나지 않았을지도 모릅니다. 물론 선녀가 속아서 혼인했다는 사실 때문에, 그 충격으로 하늘나라에 갔을 것으로 짐작되지만, 날개옷을 보여주기 전에 그간의 사정을 솔직히 고백했더라면, 그런 사태는 벌어지지 않았을지 모릅니다. 솔직하게 고백하지도 못하고, 아이 셋을 낳을 때까지 날개옷을 보여주지 말라는 사슴의 당부도 무시한 채, 아내의 안타까운 모습에 우발적으로 날개옷을 보여주는 것은, 행동에 일관성이 없고 우유부단한 성격을 나타내기에 충분합니다.

다섯 번째로, 하늘나라에 올라가서 옥황상제가 내준 시험을 치를 때, 어떻게 해보려고도 하지 않고 단지 낙담만 했다는 점입니다. 선녀가 전적으로 도와주어서 문제를 해결하기는 했지만, 어쨌든 스스로 문제를 해결하려는 태도를 전혀 보이지 않았습니다. 그야말로 자신의 노력보다 아내의 덕을 톡톡히 본 셈입니다.

끝으로, 하늘나라와 땅 사이에서 갈등하는 모습을 보인 점입니다. 곧 아내와 자식이 있는 하늘나라와 땅 위의 어머니(다른 유형에서는 친척이나 고향 사람) 사이에서 심리적인 안정을 찾지 못합니다. 물론 그런 상황에 처한다면 누구나 어쩔 수 없는 일이겠지만, 땅 위의 보고 싶은 대상이 어머니가 아닌 단순히 고향 사람들일 경우에는 뭔가 문제가 있습니다. 이는 하늘나라에 적응하지 못했음을 보여주는 증거이기도 합니다. 그러면서도 끝내 선녀와 함께 하는 하늘나라의 삶은 포기하지 않습니다.

이제까지 말한 나무꾼의 성격을 종합하면 인정은 있으나 목적 달성을 위해 기만적 행동을 마다하지 않으며, 치밀하거나 약삭빠르지 못하고 우유부단하며, 스스로 문제를 해결하는 능력이 부족합니다. 게다가 남에게 의지하면서도 하늘나라의 삶은 포기하지 않습니다. 그렇다고 그를 악한 사람이라고 말할 수는 없습니다. 이러한 유형의 성격을 어떻게 평가할 수 있을까요?

현대적 관점에서 본다면 심하게 말해서 덜 성숙한 사람, 곧 '어른아이'라 할 수 있습니다. 욕심은 있지만 그것을 정당한 방법으로 노력해서 성취하지 못합니다. 그 점은 아마도 사회와 격리된 채 홀어머니 밑에서 자란 환경 탓이 가장 큰 원인이지만, 어쨌든 인격적으로 독립된 성숙한 남성이 되지 못했습니다.

우리 문화 전통에서 본다면 한마디로 남성답지 못한 성격입니다. 오히려 전통적인 여성의 성격에 가깝습니다. 당당하거나 굳센 의지는 찾기 어렵고, 맺고 끊는 과감성도 없으며, 용기나 문제를 해결하는 능력, 독립심이나 자존심도 없습니다. 삶을 주체적으로 살아가는 당당한 모습은 눈을 씻고 찾아보아도 없습니다. 이런 성격의 소유자는 좋은 신랑감이 못 됩니다. 더구나 예쁘고 신분이 귀한 집안의 딸과 혼인한다는 것은 꿈도 꾸지 못할 일입니다. 그런데도 억세게 운이 좋아 남의 도움으로 잠시나마 행복하게 살았을 뿐입니다. 그것은 그에게 한 가닥 강한 욕망이 있었기 때문에 가능한 일이었습니다.

이렇게 운이 좋아 행복하게 되었지만 우유부단한 성격으로 또 남의 도움으로 살아온 탓에, 그는 자신에게 돌아온 행복을 지키지 못하고 말았습니다. 그러니까 그가 하늘나라에서 살지 못하고 다시 땅으로 내려온 것은, 그의 이러한 성격과 일정한 연관이 있습니다. 자신의 운명은 자기 성격의 영향을 받는다는 사실을 입증한 것이지요. 여러분은 어떤 성격으로 여러분의 운명을 좌지우지합니까?

만약 여기서 나무꾼이 영악한 사람이라면, 이야기의 주제는 다른 방향에서 해석됩니다. 곧, 모든 것이 그의 계략에 의하여 여자를 반강제로 납치한 것이 되고, 그 이후의 그의 행적은 순전히 여성의 몸과 배경을 스스로 차지하려는 늑대 같은 검은 속셈에서 비롯한 것이기 때문에, 주제가 달라질 수 있습니다. 이처럼 인물의 성격을 제대로 파악하는 것은 나중에 주제를 파악하는 데 매우 유용합니다.

선녀는 가장 이상적인 여인상

선녀를 한자로는 '仙女'로 씁니다. 원래 한자말이니까요. 자전(字典)에서 찾아보면 '仙'은 '신선(神仙) 선', '女'는 '계집 녀'라고 되어 있습니다. 그럼 신선은 무엇일까요? 한마디로 사람이 신이 된 것을 말합니다. 사람이면서 신입니다. 서양의 하느님과 같은 신은 물론 아닙니다. 옛날 도교(道敎)에서는 사람이 수련을 통하여 죽지 않고 신선이 될 수 있다고 믿었습니다. 신선이 되면 이른바 장생불사(長生不死. 오래 살고 죽지 않음)한다고 여겼던 것입니다. 다음 그림은 신선의 모습을 상징적으로 보여주고 있습니다. 우리 속담에 '신선놀음에 도끼자루 썩는 줄 모른다'는 말이 있는데, 유유자적하게 속세를 떠나 산 속에서 생활하는 신선의 모습을 빗댄 말입니다.

그런데 신선이 되는 데는 두 가지 길이 있다고 생각했습니다. 하나는 수련, 곧 몸과 마음을 단련하여 되는 것입니다. 다른 하나는 단약(丹藥)이라는 약을 만들어 먹으면 된다고 믿었습니다. 옛날 중국의 황제들은 몸을 단련하지 않고 쉽게 신선이 되려고 도사(道士)들이 만든 엉터리 단약을 먹는 바

▷이경윤의 「위기도」(고려대학교박물관). 이동주, 『우리 옛 그림의 아름다움』, 시공아트, 2004, 153쪽.

람에 장수하지 못하고 오히려 요절한 적도 있다고 합니다.

그런데 도교와 관계된 것에는 크게 세 가지 종류가 있습니다. 우선은 노자(老子)와 장자(莊子)가 창안한 고급의 철학과 관계된 것인데, 이것과 관계된 사람들을 도가(道家)라 부르고 그 사상을 도가 사상이라 합니다. 그리고 중급은 앞에서 말한 수련과 관계된 것이고, 하급은 민간 신앙입니다. 하늘나라 임금인 옥황상제니 신선이니 선녀니 용왕이니 하는 것은 모두 이 하급의 도교와 관계가 있습니다. 도교는 유교, 불교와 함께 동아시아의 3대 종교 가운데 하나였습니다. 특히 중국에서 민간 종교로 융성한 적이 있었습니다. 지금도 제시된 사진처럼 도교 사원이나 유적이 많이 남아 있고 나름대로 영향을 끼치고 있습니다.

그런데 『삼국유사』에 보면 고구려 영류왕 때 중국 도교의 일파인 '오두미교(五斗米敎)'를 처음 우리나라에 들여왔다고 했습니다. 그러나 실제로는 중국의 도교와 상관없이, 우리 독자적인 종교 형태가 있었던 것으로 생각됩니다. 통일신라 때 최치원의 기록에 의하면 예부터 전해오는 '풍류(風流)'라는 것이 있었다고 합니다. 그 가르침을 베푼 근원은 선사(仙史)에 기록되어 있다고 하는데, 선사란 바로 신선이 되는 도의 역사입니다. 이 풍류도를 다른 말로 '풍월도(風月道)'라 하며 이것이 발전하여 '화랑도(花郞道)'가 되었다고 합니다. 학자들은 이런 우리의 고대 고유 종교를 '신도(神道)'라 불렀습니다.

신도는 중국의 도교와 섞이기도 하여 전래되었는데, 고려를 거쳐 조선에 와서 중종 때 조광조 등의 유학자들이 도교 의식을 하던 소격서(昭格署)를 혁파한 뒤, 다시 복원되었다

▷호랑이를 거느리고 있는 산신도. 조현설, 『우리 신화의 수수께끼』, 한겨레출판, 2006, 27쪽.

가 임진왜란 이후 철폐되었고 이후로는 개인적인 수련 차원에서 단학(丹學), 선술(仙術) 등으로 명맥을 유지해왔습니다. 그러나 민담이나 설화 또는 문학 작품 속에 그 내용이 많이 녹아 있고, 지금의 민간 신앙에도 그 모습이 많이 남아 있습니다. 산신도 그림은 민간 신앙에서 걸출한 인물이 죽거나 살아서 산신이 된다는 신앙을 잘 나타내고 있습니다. 지금도 관우나 김유신, 이순신 등은 무속인들 가운데 신으로 떠받들고 있습니다. 절에 가면 대개 대웅전 뒤편의 작은 산신각이 있는데, 바로 이런 산신을 모신 곳입니다. 그리고 그 그림에 등장하는 인물이 인도 사람이 아니고 앞의 그림처럼 우리나라 사람이라는 것을 확인할 수 있습니다. 그것은 불교가 우리 민간 신앙을 포용한 결과입니다. 절에 가면 꼭 확인해보시기 바랍니다.

얘기가 길어졌습니다만, 이렇듯 도교는 간단한 것이 아닙니다. 물론 지금은 그 흔적을 모두 찾기 어렵지만, 우리 선조의 생활이나 마음속에 일정한 자리를 차지하고 있었던 것은 분명합니다.

여기서 선녀는 옥황상제가 사는 곳의 시녀입니다. 대부분의 선녀들은 혼인도 하지 않고 옥황상제의 시녀로서 삽니다. 흔히 남자와 연애를 하다가 발각되면 지상으로 내려와 고생하며 살아야 하는 형벌을 받게 되지요. 많은 소설이나 이야기 속에서 그렇게 표현됩니다. 그러니까 선녀는 주로 하급의 도교와 관계된 이야기에서 등장합니다.

그런데 옛날 동양 사회에서 가장 이상적인 여인상을 선녀에서 찾았습니다. 그래서 아름다운 여인을 보고 선녀 같다고 했습니다. 심청의 어머니도 원래 선녀였다고 하며, 콩쥐의 어머니도 선녀였다고 합니다. 그리고 김만중의 소설『구운몽』의 남자 주인공도 이 땅에서 온갖 영화를 누리며 살았는데, 여기서 그는 여덟 선녀를 아내로 맞이해 삽니다. 이처럼 현실 세계의 가장 이상적인 여인상을 선녀에서 찾았습니다.

그런데 실제로 많은 백성들은 부잣집의 예쁜 딸이나 아리따운 여인을 선녀가 환생한 것으로 착각하기도 했습니다. 종교의 세계를 사실로 믿었기 때문입니다. 그러니까 선녀는 인간에 비하여 고귀한 신분으로서 남성들이 바라는 이상적인 여성을 말하고, 요즘말로 '내 스타일'의 여성을 말합니다.

여기서 심리적으로 선녀를 더 분석해볼 수 있습니다. 일단 남성들에게 이상적인 여성이므로 남성 자신이 마음속으로 좋다고 생각하는 것이 모두 이 선녀에게 갖추어져 있다고 생각합니다. 그럼 당시 남성들이 생각하는 이상적인 여성은 어떤 것일까요? 아마도 남편을 하늘처럼 떠받들고 질투하지 않고 집안 살림 잘하고 시부모를 잘 모시며 일 잘하고 아이들에게 자상한 여성을 말할 것입니다. 물론 그 시대의 남자들의 기준에 볼 때 외모도 예뻐야겠지요. 그러니까 주로 남성들이 바라보는, 또는 그러한 문화적 가치나 풍습에 물든 사람들이 생각하는 그런 생각이 선녀라는 이상적 인물에 들어 있습니다. 그러니까 그러한 선녀는 남녀의 차별도 없고 세상의 모든 것들을 낳게 하고 풍요롭게 만드는 대지의 여신(女神)과는 엄격히 다르며, 가부장제 사회˘에 지극히 순종적이고 모범적인 여성상입니다.

선녀는 능력 있는 아내

이제 또 하나의 주인공인 선녀의 성격을 파악할 차례입니다. 이 이야기의 문장에 드러난 선녀의 성격을 찾기는 쉽지 않습니다. 문화적 배경과 정황 그리고 선녀의 단편적 행동을 가지고 살필 수밖에 없습니다.

우선 선녀가 나무꾼과 살면서 아이 둘을 낳고도 날개옷을 되찾는 순간 아이들을 데리고 하늘나라로 올라간 일을 생각해봅시다. 우리는 선녀의 이러한 행동을 어떻게 이해할 수 있을까요? 자신이 속았다는 사실을 알자 나무꾼의 기만에 대한 분노 때문이었을까요? 아니면 지상에서의 삶이 너무나 고달프고 힘들어서 그랬을까요? 그렇다면 아이 둘을 낳을 때까지 나무꾼의 아내가 되어 산 것은 단지 마지못해 억지로 살았기 때문일까요?

우리는 여기서 분명히 알 수 있는 것은 선녀가 나무꾼을 떠날 수 있었던 것은 믿을 곳이 있다는 사실입니다. 곧, 나무꾼을 떠나서도 살 수 있는 든든한 배경이 되는 하늘나라가 있다는 점입니다. 이야기 속에서는 하늘나라이지만 현실에서는 시집온 여성의 든든한 친정을 말합니다. 선녀가 하늘나라로 떠나는 행동은 시집온 여성이 현실에 대한 불만으로

▼ '가부장제 사회'란 남성이 가장이 되어 가족의 일에 대한 결정권과 책임을 지닌 사회로서, 가장의 승계는 아들인 장남을 통하여 이루어지고, 이것은 왕실에서부터 모든 서민에 이르기까지 적용되었습니다.

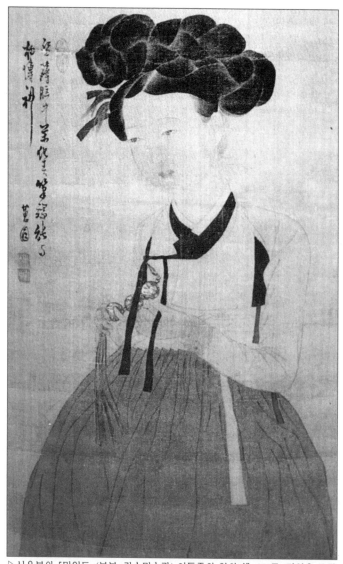

▷신윤복의 「미인도」(부분, 간송미술관) 이동주의 앞의 책, 296쪽. 미인은 곧장 선녀를 연상시킨다.

친정으로 도망가는 것을 의미합니다. 시집온 여성이, 그것도 아이를 둘이나 낳은 여성이 친정으로 도망간다는 것은 당시의 관습으로 볼 때, 그 남편과 함께 살기를 거부하는 행동입니다. 현실 세계에서는 있을 수 없는 일입니다. 여성 자신뿐 아니라 친정에서도 시집간 딸이 시댁에서 살지 못하고 도망오는 것을 용납하지 않았습니다. 가문의 수치로 여겼기 때문입니다. 오죽하면 시집간 딸을 '출가외인'이라 불렀겠습니까. 설령 혼인 절차에 다소의 기만이 있고 남편 쪽에 잘못이 있어도, 아내는 섣불리 친정으로 돌아가지 못하는 것이 당시 풍습이었습니다. 그러니까 여성이 친정의 배경을 믿고 가출하는 것은 도저히 받아들일 수 없는 일이었지요.

여기서 하늘나라를 현실적인 친정으로 보는 이유에 대해서는 나중에 별도로 설명하겠지만, 민담이나 전래 동화에서 하늘이나 그 밖의 신과 관계된 사건을 전개하더라도, 기본적으로는 이야기를 만들거나 전하는 이들이 자신들의 이야기를 하는 것입니다. 자신들의 삶을 이러한 주인공에 빗대어 이야기하는 것입니다. 이런 이야기도 일종의 문학♥인데, 문학이란 속성 자체에 빗대어 말하는 경우가 매우 많습니다. 그러니까 문학의 속성 가운데 하나가 현실에서 일어날 수 없는 것을 상상의 세계를 통해 일어나게 함으로써, 현실의 억압된 감정을 해소시킨다는 것이죠. 이 '나무꾼과 선녀' 이야기 속에서도 당시 억눌렸던, 남편을 버리고 떠날 수 없었

♥ 이런 종류의 설화를 국문학에서는 '구비문학(口碑文學)'이라는 장르에 넣고 있습니다.

▷전국체전을 시작하기 전에 선녀로 분장한 여학생들이 성화를 채화하고 있다(연합뉴스 2004년 10월 1일자).

던 여성들의 심리가 담겨 있다고 보면 됩니다.

그런데 여기서 선녀는 나무꾼의 기만에 대해서 크게 실망할 수도 있었지만, 남편에 대한 정이 없어서 하늘나라로 간 것 같지는 않습니다. 왜냐하면 나무꾼이 하늘나라에 올라가서 어려운 일에 처하자 적극 도와주었기 때문입니다. 나무꾼의 적극적인 협조자로서의 역할을 볼 때 우리는 선녀가 나무꾼을 미워하기는커녕 남편에 대한 정을 엿볼 수 있습니다.

그러나 어쨌든 아무리 그렇다고 하더라도 당시 관습으로 볼 때 아내는 남편을 버려서는 안 됩니다. 이른바 당시 여성에게는 삼종지도(三從之道)라는 것, 곧 여성은 어려서는 아버지를 따르고 시집가서는 남편을 따르며 남편이 늙어서 죽으면 아들을 따라야 하는 법도가 있어서, 죽은 남편도 함부로 버리지 못하는데 살아 있는 남편을 버린다는 것은 사회적 매장을 의미합니다. 따라서 선녀가 남편을 버리고 하늘로 간 행동은 분명 엄청난 사회적 파장을 불러오는 일이나, 선녀가 하늘나라의 사람이라는 점을 통해, 그 파장을 감소시키는 문학적 장치를 두었기 때문에 사회적 문제로 대두되지 않았을 뿐입니다. 여기에는 여성에 대한 이러한 사회적 억압을 탈피하고 싶은 민담 전승자들의 염원이 어느 정도 반영되어 있습니다.

어쨌든 선녀는 친정의 든든한 배경만 믿고 남편을 떠났기 때문에 당시의 사회적 가치를 위반하는 행동을 했습니다. 그러니까 사회적 관습을 무시했다고 말할 수 있습니다. 사회적 관습을 무시하는 것은 두 가지로 생각해볼 수 있는데, 사회적 관습을 무시할 정도로 신념이 강하거나 아니면 그 관습을 감당할 수 없을 정도로 성숙하지 못했다는 점이죠. 선녀는 분명 후자에 해당될 것입니다. 용감하게 사회적 관습에 저항한 것은 아니니까요. 단지 하늘나라라는 친정의 배경만 믿고 현실의 혼인 생활을 팽개치고 떠날 수 있었겠지요. 이런 행동을 우리는 현실 도피라고 합니다. 성숙한 사람이라면 자신의 역할이나 일 또는 운명에 대하여 결코 외면하거나 회피하지 않습니다. 우리는 선녀가 나무꾼을 떠난 데서 바로 이런 모습을 알 수 있습니다.

다음으로 선녀는 이중적 태도에 사로잡혀 있습니다. 선녀가 나무꾼의 기만이 정말로 싫어서 하늘나라로 떠났다면, 선녀 자신도 그런 기만을 사용하지 말아야 합니다. 그럼에도 불구하고 하늘나라로 올라온 나무꾼을 도와주기 위하여 자신이 앞장서서 거침없이 기만을 사용합니다. 옥황상제가 낸 문제를 풀 때 나무꾼을 도와준 행동이 그것이지요. 그렇게 도와준 이면에는, 단지 나무꾼이 불쌍해서 그런 것만이 아니라 마음속으로 조금이나마 그를 사랑하는 마음이 남아 있다는 것을 의미합니다. 지아비에 대한 사랑이 한결같지 않고 이랬다저랬다 하는 것 역시 선녀의 가벼움을 나타내는 것이지만, 당시 관습에서 볼 때 이해할 수 없는 행동입니다.

또 선녀는 남자답게 적극적인 행동을 합니다. 그 근거로 하늘나라에 나무꾼이 올라갔을 때 옥황상제의 시험에 통과시키기 위해서 나무꾼을 숨겨주기도 하고 빼앗긴 화살을 되찾는 데 적극적으로 가담하기도 합니다. 물론 속임수까지 쓰면서 말이죠. 이야기의 다른 유형에 보면, 선녀는 신통력도 가지고 있어서 나무꾼과 지상에 같이 살 때 큰 기와집도 짓고 살림을 크게 일으켜 부자로 살았다고 말하기도 합니다. 그러니까 배경이 좋은 여성이 능력도 뛰어났고, 나무꾼의 역량과 한계를 능가했다고 말할 수 있지요. 한마디로 아내가 남편보다 잘났다는 점입니다. 그렇게 잘났기 때문에 적극적인 행동이 가능했습니다.

자, 이제 우리는 두 주인공의 성격을 대충 파악했기 때문에 그 성격이 사건의 전개에 어떤 영향을 미쳤는지 살펴보아야 합니다. 이 점은 뒤에서 이야기 전개의 세부 사항을 설명할 때 다룰 것입니다.

우연과 필연 그리고 인과 관계

이 이야기를 더욱 재미있게 만드는 것은 거기에 등장하는 동물이나 물건들입니다. 나무꾼이 나무를 하러 산으로 가거나 사냥꾼이 사냥을 하지 않았다면 사슴을 숨겨줄 일도 없고, 사슴을 숨겨주지 않았다면 선녀를 만날 수도 없고, 또 두레박이 없었다면 선녀를 다시 만날 수 없었을 것입니다. 그리고 천마가 없었다면 어머니를 만나러 땅으로 내려올 수도 없었을 것입니다. 그리고 어머니가 뜨거운 팥죽 대신 뜨겁지 않은 다른 것을 주었다면 말에서 떨어질 리도 없었을 것이며, 선녀와 행복하게 끝까지 잘 살았을 것입니다.

이와 같이 등장하는 작은 물건 하나하나가 이야기의 원인을 제공하고 있군요. 이야기에서 사건은 항상 원인-결과로 짝을 이루게 되는데, 하나의 원인이 하나의 결과를 낳고 그 결과가 또 하나의 사건의 원인이 되어 꼬리를 물고 사건이 전개됩니다.

우리가 살아가는 삶도 이렇듯 모든 것이 원인과 결과의 관계에 놓여 있습니다. 이른바 '인과 관계(因果關係)'라 하지요. 우연히 보이는 자연 현상도 실은 자세히 관찰하거나 따져보면 이런 관계에 놓여 있답니다. 가령 어떤 사람이 사과나무 밑을 지나가다가 떨어지는 사과에 맞아 머리를 다쳐 정신병으로 죽었다고 합시다. 사과나무 밑을 지나가는 것도 우연이고 그때 사과가 떨어지는 것도 과연 우연일까요? 또 사과에 머리를 맞았다고 모든 사람이 정신병이 들까요?

사과나무 밑을 그 시각에 지나가야 하는 데는 그 만한 이유가 있었겠지요. 친구가 저쪽에서 불러서, 아니면 과수원 주인을 만나기 위해서였겠죠. 또 하필 그때 사과가 떨어지는 것은 무슨 까닭일까요? 사과 꼭지를 벌레가 갉아먹어 사과가 떨어지는 시각과 그 사람이 지나가는 시각이 일치했든지, 아니면 심한 바람이 불어 사과가 떨어질 때 그 사람이 지나갈 수도 있습니다. 모든 사람이 머리에 사과가 떨어진다고 정신병이 드는 것이 아니지만, 조그만 충격에도 두뇌가 손상당하는 사람도 있습니다. 그래서 사과는 분명히 떨어질 만한 이유가 있었고, 그 사람도 그 시각에 지나가야 할 충분한 이유가 있었습니다. 문제는 사과가 떨어지는 시각과 그 사람이 거기에 지나가는 시각이 일치했다는 점입니다. 위의 예는 실제로 일어나기 힘든 일이지만, 이와 유사한 예는 얼마든지 찾을 수 있습니다. 길 가다가 공사장에서 열어놓은 맨홀에 빠진다든가 날아오는 야구공에 머리를 맞는 것 등도 이와 같습니다.

그러나 이런 인과 관계도 필연과 우연으로 정리됩니다. 필연은 어떤 일 때문에 어떤 일이 꼭 일어나는 것을 말합니다. 가령 술을 많이 마시면 취한다거나 아궁이에 불을 때면 굴뚝에 연기가 나는 것 등이 여기에 속합니다. 그러나 우연은 어떤 일과 상관없이 어떤 일이 일어나거나 일어나지 않거나 다르게 일어나는 경우를 말합니다. 사과나무 밑을 지나갈 때 사과가 떨어지는 것은 우연이며 그러한 사건을 우연의 일치라 할 수 있습니다.

이렇듯 우리가 살아가는 세상에는 원인 없는 결과는 없습

▷파도의 힘(원인)에 의하여 뚫린(결과) 해식 동굴.

니다. 그래서 '아니 땐 굴뚝에 연기 날까?'라는 속담이 생겨 났습니다. 우리의 인생사가 원인과 결과의 관계인 인과 관계에 얽혀 있기 때문에 이야기도 자연히 그렇게 전개되는 것입니다.

　이러한 인과 관계를 '인연(因緣)'이라 하여 만물이 그것에 의하여 생겨났다고 보는 불교의 가르침도 바로 사물의 이러한 모습을 간파한 것입니다. 내가 오늘 이 자리에 있는 것도, 필자가 이렇게 책을 쓰고 독자들이 그것을 읽는 것도, 따지고 보면 그러한 인연에 의하여 이루어졌다고 할 수 있습니다. 자신들의 조상이나 본인 아니면 현재나 과거의 다른 사람들이 사회적으로 만든 일(또는 조건), 그리고 자연이 만든 원인 때문에 현재의 사건이 벌어지고 있는 것입니다.

따라서 이 이야기도 이러한 인과 관계에 주목하면서 다시 읽어보기 바랍니다. 그렇게 하면 주제를 파악하는 데 한층 도움이 될 것입니다.

도대체 주제가 뭘까

이 이야기는 나름대로 극적인 효과를 잘 나타내고 있습니다. 극적인 구성에 맞게 발단-전개-절정-결말을 찾을 수 있습니다. 판소리의 소재가 되는 이야기나 옛 소설을 제외한, 전래 동화나 민담 가운데서도 극적인 구성으로 잘 꾸며진 것이 꽤 있습니다만, 여기서도 사슴이나 사냥꾼 · 두레박 · 연못 · 천마 등이 연극의 등장인물이나 소품처럼 잘 어울려 이야기가 나름대로 재미있게 전개됩니다.

잘 알다시피 이야기의 발단은 나무꾼이 사슴을 숨겨주는 데서 시작되는군요. 이야기는 이어 선녀를 만나 혼인하고 하늘나라로 선녀를 찾아가는 것으로 전개됩니다. 어떤 이야기든 이야기가 전개되는 가운데 인물들 사이에 갈등이 나타납니다.

그런데 여기서는 그 갈등이 애매하다는 것이 문제입니다. 처음에는 선녀와의 이별의 원인이 하나의 심리적 갈등인가 싶었는데, 그것이 해결되더니 나중에는 하늘나라에서 나무꾼과 옥황상제 그리고 어머니와의 이별이 또 다른 갈등 요소로 등장합니다. 그리고는 결말이 선녀와의 이별이라는 비극으로 끝납니다. 이 이야기의 주요 갈등은 무엇일까요? 이 것이 이이야기의 비밀입니다.

앞에서 전래 동화는 교훈을 주기 위해 다시 썼거나 내용을 교육적으로 바꾼 것이라고 말했습니다. 이 '나무꾼과 선녀' 이야기도 그런 점을 엿볼 수 있습니다. 다양한 변이들이 있는데, 그것들을 다 아는 전문가를 제외한 일반 사람들은 곧바로 알아내기가 쉽지 않습니다. 그래서 아이들이나 일반 사람들에게 주제가 무엇이냐고 물어보면 서너 가지밖에 답을 들을 수 없습니다.

먼저 이야기의 제목이 '나무꾼과 선녀'이므로 '견우와 직녀' 아니면 '춘향전'처럼 남녀 간의 사랑을 말하고 있을까요? 선녀가 하늘나라로 도망갔으니까 한 사람만 일방적으로 좋아하는 짝사랑은 성공할 수 없다는 뜻일까요? 만약 그것이 아니라면 은혜를 입었으면 꼭 갚아야 한다는 것일까요? 분명 사슴은 두 번이나 은혜를 갚기 위해 선녀가 있는 곳을 나무꾼에게 알려주었기 때문입니다. 다른 변이에서는 쥐가 하늘나라에서 곤란에 처한 나무꾼을 돕습니다. 물론 이 쥐는 나무꾼에게 은혜를 입었던 것이지요. 이렇게 보면 분명 은혜를 갚는 부분이 있습니다. 그래서 은혜를 입었으면 꼭 갚아야 한다는 논리가 성립합니다.

그런데 앞의 어느 것도 주제가 아니라면, 아내나 자식보다 부모님이 더 소중하다는 것일까요? 왜냐하면 이야기의 결말에 분명 나무꾼은 하늘나라에서 추락하여 늙으신 어머니하고 다시 살게 됩니다. 그러니까 남녀 간 또는 부부 간 사랑보다 부모에 대한 효도가 더 중요하다는 결론이 가능합니다.

끝으로 생각해볼 수 있는 것은 수단과 방법을 가리지 않고 억지로 강행한 어울리지 않는 혼인은 비참한 결과를 가져온다는 것을 알려주는 것일까요? 나무꾼과 선녀의 신분과 출신 배경의 차이, 나무꾼의 기만과 그 기만에 대한 선녀의 동참 등이 그것을 말해주지 않나요?

짝사랑과 슬픈 이별

여러분이 어리다면 아직 남녀 사이의 사랑이 뭔지 모르겠지만, 여러분이 만일 성인이라면 어떤 사람을 사랑해본 적이 있나요? 상대방은 나를 사랑하지도 않는데, 나만 그 사람을 죽도록 사랑한 적은 없나요? 나를 사랑하지도 않던 그 사람이, 끈질긴 나의 노력에 의하여 드디어 나를 사랑하게 된 일은 없나요? 나에게 아직 애인이 없었는데, 우연히 내가 이상적이라고 여긴 사람을 애인으로 만든 적은 없나요? 많은 사람들이 우상으로 생각하던 어떤 대중 스타를 쉽게 나의 아내나 남편으로 만드는 방법을 알고 있다면, 그 스타의 의사와는 상관없이 그렇게 하겠습니까? 그런 생각을 가진 분은 이 글을 끝까지 꼭 읽어주시기 바랍니다.

이 '나무꾼과 선녀' 이야기를 겉으로 보면 남녀 사이의 사랑을 다루고 있는 듯합니다. 그러나 선녀의 생각과 상관없이 나무꾼 혼자서 스스로 좋아서 했고, 나무꾼이 평소 보고 싶은 어떤 선녀 하나를 사랑하지도 않았고, 단지 예쁜 선녀 가운데 누구라도 좋기 때문에 날개옷을 훔쳐 혼인합니다. 요즘 어떤 젊은이가 예쁜 처녀라면 무조건 좋아하는 것처럼 말입니다.

반면, 선녀는 그다지 나무꾼을 사랑하는 것 같지 않습니다. 왜냐하면 아이를 둘이나 낳았지만 나무꾼을 두고 하늘나라로 갔기 때문입니다. 하늘나라에 가서 비록 나무꾼을 돕기도 하지만, 마지못해 선녀는 나무꾼을 아이들의 아버지로서만 대해주는 듯합니다.

그래서 오늘날 입장으로 볼 때도 사랑의 시작이 정당한 방법이 아니고, 대신 선녀의 날개옷을 훔쳐서 시작했기 때문에 참사랑이라 말하기도 어렵습니다. 무엇보다도 두 사람은 헤어졌기 때문에 완성된 사랑이란 관점에서 이 이야기의 주제가 될 수는 없습니다. 그러면 이 이야기의 주제가 이룰 수 없는 사랑의 슬픈 이별을 말하는 것일까요? 그렇게 생각할 가능성이 충분히 있습니다.

이율배반적 행동

전래 동화나 민담 가운데서 은혜를 갚는 얘기는 무척 많습니다. 대표적인 것에는 '은혜 갚은 까치'나 '은혜 갚은 두꺼비', '은혜 갚은 호랑이', '흥부 놀부'의 은혜 갚은 제비 등이 그것입니다.

이 이야기에서도 사냥꾼의 위험에서 구해준 사슴이 나무꾼에게 은혜를 갚기 위해서 선녀와 일방적으로 혼인할 수 있는 방법을 일러주었습니다. 게다가 선녀를 따라 나무꾼이 하늘나라에 갈 수 있는 방법도 알려주었습니다. 그러니까 자기의 목숨을 살려준 대가로, 좀 치사한 방법이긴 하지만 나무꾼이 예쁜 아내를 맞이할 수 있는 길을 열어줍니다. 또 어떤 변이에서는 나무꾼이 옥황상제로부터 시험을 치르는 장면에서 쥐가 도와줍니다. 그 쥐는 물론 땅에 살 때 나무꾼에게 은혜를 입었던 동물이었습니다.

그래서 이 이야기의 주제가 은혜를 갚는 '보은(報恩)'으로 생각해볼 수 있습니다. 그렇다면 맨 뒤의 이야기, 곧 천마를 타고 나무꾼이 홀어머니 혼자 살고 있는 집으로 온 이야기는 은혜를 갚는 결말로 이해가 되지 않습니다. 따라서 은혜를 갚는 것이 이 이야기의 한 부분이긴 하지만, 이야기 전체를 아우르는 주제가 되기에는 미흡합니다.

대신 어떤 연구자는 이 보은의 이야기가 들어간 것은 나무꾼이 선녀의 옷을 훔친 데 대한 합리적 원인, 곧 면죄부와 같은 역할을 한다고 보기도 합니다. 나무꾼은 착한 사람이기 때문에 혼인하기 위해 선녀의 날개옷을 훔치는 것이 별로 문제될 게 없다고 생각한다는 것이지요. 그것이 정말 타당한지 모르겠지만, 오늘날 논리에 익숙한 우리 입장에서는 그것을 수긍하기가 어렵지요. 왜냐하면 사슴을 도운 문제와 날개옷을 훔치는 것은 서로 별개의 사건이고 연관성이 없기 때문입니다. 아무리 다른 데서 착한 일을 많이 했다고 해서 그것과 상관없는 다른 사람에게 피해를 주어도 되는 합당한 근거가 될 수는 없기 때문입니다.

사실 이런 이율배반적 모습은 과거 기독교를 신봉하던 서양인들에게도 보이는 점입니다. 서구인들은 자기네 문화권 안에서는 신사처럼 교양이 있는 척하다가도, 다른 인종이나 이교도에게는 야만인 취급을 하거나 잔인하고 무자비한 행동을 서슴지 않았지요. 자기들끼리 아무리 착하게 행동해도 타자에게 아무렇게 해도 된다는 논리는 있을 수 없기 때문입니다. 물론 이런 논리가 과거에는 자기 지역, 자기 문화를 최고로 아는 배타적 태도에서 가능했지만, 다양성을 인정하고 존중해야 하는 현대 사회에서는 어울리지 않는 태도입니다.

아내나 자식보다 어머니가 중요한가

　앞의 이야기에서, 나무꾼은 홀어머니를 모시고 살다가 선녀를 만나 아이를 낳고 살게 되었습니다. 선녀가 아이들을 데리고 하늘나라로 떠나자, 나무꾼은 그녀를 찾아 하늘나라로 따라갑니다. 그러나 하늘나라의 생활에 만족하지 못하고 지상으로 어머니를 만나러 왔다가 영영 하늘나라로 돌아가지 못한 채 어머니와 함께 살게 됩니다.

　그래서 우리는 이 전래 동화를 만든 사람의 의도가 '남편이 아내와 자식은 버릴 수 있어도 부모를 버릴 수 없다'는 생각에 있다고 볼 수 있습니다. 하늘나라에 있는 아내와 자식과, 땅에 사는 어머니 가운데 누가 더 소중하냐고 묻는다면, 이 이야기의 결말을 통해 어머니라고 답할 것이기 때문

孝經

開宗明義章第一

御註

仲尼居，
曾子侍。
子曰：先王有至德
要道，以順天下，民用和睦，上下無怨。
汝知之乎？曾子避席曰：參不敏，何足以知之。
子曰：夫孝，德之本也，
教之所由生也。
復坐，吾語汝。
身體髮膚，
受之父母，不敢毀傷，孝之始也。
立身行道，
揚名於後世，以顯父母，
夫孝始於事親，中於事君，終於立身。

▷효도의 텍스트가 된 유교 경전인 『효경』의 첫머리. 가운데쯤에 '효는 덕의 근본'이라는 글귀가 보인다.

입니다.

그리고 사람들은 선녀와 아이들은 나무꾼이 없어도 하늘나라에서 잘살 수 있지만, 땅에 사는 어머니는 나무꾼이 없으면 살기 어렵기 때문에 이렇게 판단하는 데는 큰 무리가 없어보입니다.

따라서 이 이야기에서 가장 큰 갈등은 선녀와 어머니 가운데 하나를 선택해야 하는 데에서 보입니다. 물론 처음 선녀가 나무꾼을 떠난 동기나 이야기의 마지막 부분을 통해 그렇게 해석할 가능성이 충분히 있습니다. 그리고 해결은 어머니가 선택되었습니다. 나무꾼이 어머니를 택한 것은 완전히 자신의 의사와는 상관없이 말입니다. 그래서 우리는 자신의 행복을 위해 부모를 버릴 수도 있는 일을 경계한 것이 이 이야기의 핵심이라고 당당하게 말할 수 있습니다. 더욱이 그것을 뒷받침할 만한 근거는 조선의 유교 사회가 효도를 가장 으뜸이자 모든 덕의 근본으로 삼은 사회이기 때문입니다. 곧, 아내나 자식보다 부모를 우선적으로 봉양해야 한다는 생각은 당시 누구나 가진 생각이었고, 또 그렇게 실천했기 때문입니다. 정말 그럴까요?

이 점을 해명하기 위해서는 이 이야기의 수많은 변이나 다른 유형에 주목해볼 필요가 있습니다. 사실 이 이야기의 변이나 다른 유형에는 어머니가 등장하지 않은 이야기도 무척 많습니다. 나무꾼이 지상에 가보고 싶은 이유에 대해 어머니를 등장시키지 않고도 그려내고 있습니다. 그것은 고향 땅이 보고 싶다거나 고향 사람이 보고 싶어서 또는 고향의 친척 등으로 표현하고 있습니다. 그렇다면 이 이야기를 전파시킨 수많은 사람들은 효도와 관련짓지 않았다는 점을 충분히 지적할 수 있습니다.

민중들의 생생한 삶을 발견

그렇다면 연구자들이 해석한 주제는 무엇일까요? 연구자들의 수만큼이나 다양한 편차를 보입니다. 그 까닭은 연구 방법의 차이 때문인 것도 있고, 이야기의 맥락에 절대적인 영향을 주는 우리 전통에 대한 이해 부족, 특수한 시각이나 관점에 따른 탓도 있습니다. 어찌되었든 주장된 그 주제들을 모아서 정리해보면 대략 다음과 같이 나타낼 수 있습니다.

우선 눈에 띄는 것은 이 이야기가 남성들의 꿈과 소망을 나타낸 약탈혼을 다룬 것이라고 보는 관점입니다. 약탈혼이

▷「작업장 규칙」(빌레트, 소묘). 에두아르트 푹스,
박종만 옮김,『풍속의 역사IV: 부르주아의 시대』, 까
치, 1994, 271쪽.

란 말 그대로 남성이
여성을 강압적으로 위
협하여 혼인하는 것을
말합니다. 이것은 원
래 원시 시대나 고대
에 여성을 다른 부족
에 가서 납치하여 혼
인을 치르던 풍습에서
유래한 말입니다.

이와 유사하게 이
이야기는 남성 이야기
이고 남성 심리의 산
물이라고 보며, 선녀
의 이미지는 전형적인
남성의 마음속에 존재
하는 여성상*이라고 봅니다. 이쯤 되면 나무꾼과 같은 이런
부류의 남성은 늑대요, 여성을 제 마음대로 할 수 있다고 여
기는 구제받을 수 없는 색마(色魔)의 화신이 될 수도 있습니
다. 빌레트의 그림에서 이 같은 남성을 짐승으로 잘 표현하
고 있습니다. 반면 약탈혼이 아니며, '나무꾼과 선녀' 이야기
는 남성들뿐 아니라 여성들의 꿈과 소망 또한 면면히 이어

▽칼 융의 심리학 용어로는 '아니마(anima)'인데, 남성이 여성에 대해 갖는 일
종의 관념이나 이미지입니다. 반대로, 여성이 남성을 바라로는 이미지는 '아
니무스(animus)'라고 합니다.

져 내려온다고 연구한 것도 있습니다. 구술자 가운데는 여성이 단연코 많다는 점이 그 같은 반박 논리입니다.

그리고 주제가 너무 보편적이고 덤덤하긴 하지만, 행복을 누리고자 하는 인간의 염원이 반영된 이야기라는 주장도 있고, 기복 많은 혼인 생활로 보는 주장도 있지요. 특이한 점은 인류학이나 생물학 등을 동원하여 접근한 주장입니다. 곧, 나무꾼이나 사람들이 짝짓기를 위해 사용한 기만과 위선은 도덕적 인간이 억제해야 할 절대 악도 아니고, 사회 진화가 진전됨에 따라 없애야 하거나 없어질 동물적 특성도 아니며, 사회 생활의 복잡한 업무를 수행하기 위해 사용되는 인간적인 전략으로 보았다는 점입니다. 그러니까 이 이야기는 사회 생활을 하는 데 어느 정도 기만이 필요하다는 점을 나타낸다고 볼 수 있다는 것이지요. 이것은 필자가 철학적으로 주목하는 점이기도 합니다.

그리고 이야기가 무의식[▼]적인 심리를 나타낸다고 보아 어머니에게 고착된 미숙한 남성에 관한 것이며, 혼인이란 성숙한 자만 할 수 있고 또 그것이 어머니로부터의 분리를 의미하므로 근원적인 욕망과, 인간이 되기 위해 무엇이 필요한지 알려주는 것으로 보기도 합니다. 또 이와 유사한 방법으로 연구된 것은, 한 남자가 아내와 어머니 사이에서 벌어지는 삼각관계의 갈등으로서 결국 어머니 치마폭을 벗어나지

▼ 정신분석학 용어로서 깨어 있는 의식에 대비되는 상태로, 꿈·최면·정신분석 등에 의하지 않고는 알 수 없는 내면의 정신 세계며, 이것이 일상적 정신 상태에 영향을 미치고 있습니다.

못한 한 남성의 이야기라는 점도 있고, 이와는 달리 여러 갈등을 종합적으로 다룬 것이라고 보기도 하지요.

또 하늘과 땅을 혼동해서는 안 된다는 것, 중요한 것은 하늘과 땅의 만남이요 서로 바라는 그리움이지, 결코 땅의 것은 하늘이 될 수 없다는 것, 인간이 어떤 존재인지, 어떻게 사는 것이 인간다운 삶인지 다분히 신학적인 인간론을 민담의 틀에 담은 것으로, 이야기 자체가 하나의 철학이요 삶의 철학이라고 규정한 것도 있습니다. 그러나 이 이야기 속에서는 하늘나라가 절대로 신성함을 나타내지도 않고 세속의 또 다른 모습에 불과하므로 설득력이 부족합니다.

필자도 이전에 쓴 『전래 동화 속의 철학③』이라는 책에서 '못 올라갈 나무는 쳐다보지도 말라' 또는 '송충이는 솔잎을 먹고 살아야 한다'는 속담의 뜻을 나타낸다고 보아, 혼인을 통한 서로 다른 계급의 조화는 어려운 것으로 풀이했습니다.

그 밖에 행복에 대한 강한 소망, 천상계와 지상계의 한계 인식, 통과의례,˘ 동물의 보은, 의외의 행운 등이 또 다른 주제로 거론되기도 하지요.

이렇듯 다양한 연구 방법과 텍스트 속에서 여러 주제를 주장하고 있지만 다 설득력이 있다고 말할 수는 없습니다. 텍스트 선정과 연구 방법의 편협성, 그리고 역사적 사실과

˘사람이 일생을 살아가는 과정에서 새로운 상황·지위·신분·연령 등을 거치면서 치르는 갖가지 의례나 의식을 모두 일컫는 말로, 탄생·명명(命名)·입학·성인(成人)·취직·혼인·출산·회갑·사망 등과, 생일 축하·단체 가입·승진·입학식·졸업식·취임식 등이 있습니다.

관계 짓지 못하거나 비현실적 이해와 너무 상식적이고 포괄적인 주제로 이 이야기의 성격을 오롯이 드러낼 수 없기 때문입니다.

한마디로 제시된 주제들이 이야기의 세부 사항들을 종합하지 못하고 있습니다. 이렇듯 민중들이 말하고자 하는 논리가 명쾌하게 전달되지 않음은, 연구자들의 관심이 특정한 분야에 치중한 나머지, 민담의 의미에 관한 역사적 맥락에서의 깊이 있는 접근, 역사적인 것과 논리적인 것을 관계 짓는 방법의 부족이 낳은 결과가 아닌가 하는 생각이 듭니다. 여기서 논리적이란 것은 이야기 속에 들어 있는 논리를 말합니다. 다시 말해 이 이야기에서 말하는 논리를 역사적 사실과 관계 지어 설명해내야 합니다. 우리 옛 이야기도 엄연히 우리 역사 속에서 탄생한 것이기 때문입니다.

물론 이런 점은 앞의 연구자들의 관심 분야가 필자와 다르기 때문에 생기는 것일 수도 있습니다. 기본적으로 필자의 관심은 '민중이 자신들이 살았던 세계에서 어떤 의미(생각)를 만들어내는가'를 탐구하는 일입니다. 민중들은 은유나 상징을 통해 자신들의 삶을 이야기하기 때문입니다. 그렇지 못할 경우에는 적어도 당시 민중들이 기존의 관념♥에 어떻게 반응하는지 살피는 일입니다. 곧, 철학자들이나 역사가들이 주목하는 관념(사상이나 철학)의 역사와는 별개로, 그들이

♥ 당시에 있었던 기존의 관념이란 전통적 사회를 유지하기 위해 동원된 사상이나 관습 속에 녹아 있는 생각을 통틀어 말하는 것으로, 전통 사회의 관념은 대개 유교 · 불교 · 도교적인 것과 관계가 있습니다.

세상을 어떻게 보았으며 사회와 역사에 대하여 어떤 태도를 보이며 살았는지 파악하는 것은 매우 중요합니다. 그럼으로써 기존의 사상이나 철학이 현실에서 살아가는 인간의 삶에 어떤 영향을 주고받았는지 생생히 파악할 수 있기 때문입니다.

따라서 필자의 해석은 실제 역사 속에서 일어날 수 있는 일을 전제로 합니다. 무슨 말인가 하면, 비록 이 이야기가 비현실적이고 비유적인 은유로 표현되었다고 하더라도, 그것이 지상의 삶을 초월한 천상의 일을 다루는 것도 아니고, 인간의 심리만을 묘사했거나 특수한 인간의 몽상으로 생각하지도 않는다는 점입니다. 그렇지 않다면 이토록 생명력을 가지고 전승될 까닭이 없기 때문입니다. 그러므로 이 이야기는 하늘을 뜻하는 성(聖)과 땅을 의미하는 속(俗)의 대비가 아니라, 현실적 인간 사회의 일을 은유적 비유로 표현한 문학, 그것도 한 가족 안의 남녀 위치와 가족 구성원들 그리고 두 가문 사이의 계급 갈등, 또 그럼으로써 자연히 결론으로 유도되는 민중들의 의식을 종합적으로 다룬 것으로 보고 그에 따른 해석을 시도할 것입니다.

3
비천한 남성과 고귀한 여성의 혼인생활은
성공하기 어렵다

이야기 간추리기

주제를 파악하기 위해서는 이야기를 간추려보는 것도 좋은 방법입니다. 이를 위해 또 설명의 편의를 위해 아래와 같이 내용을 요약하여 몇 개의 단락으로 나누어보았습니다.

㉮ 나무꾼이 사냥꾼에게 쫓기는 사슴을 숨겨준다. 사슴은 목숨을 구해준 보답으로 선녀를 아내로 맞이하는 방법을 알려주고, 아이 셋을 낳기 전까지는 날개옷을 주지 말라고 당부한다.

㉯ 나무꾼은 보름날 연못가에서 선녀의 날개옷을 훔쳐 그 의도대로 선녀와 같이 살았다.

㉰ 아이를 둘 낳았을 때 선녀의 날개옷을 내어주자, 선녀는 아이들과 함께 하늘로 올라가버린다.

㉣ 나무꾼은 다시 사슴을 찾아가 하늘나라로 가는 방법을 알아내 보름날 두레박을 타고 하늘로 올라간다.
㉤ 선녀와 자식들을 찾아 하늘에 오른 나무꾼은 아내와 아이들을 만나고, 선녀의 도움으로 옥황상제가 낸 시험에 통과한 후에 거기서 살았다.
㉥ 지상에 살고 있는 노모가 걱정되어 선녀의 당부를 듣고 천마를 타고 지상으로 하강한다.
㉦ 노모를 만나 팥죽을 먹다가 말에서 떨어져 하늘에 오르지 못하고, 죽어서 수탉이 된다.

나무꾼이 사슴을 구해주다

이제 우리는 이 이야기의 남자 주인공인 나무꾼을 다시 주목해봅시다. 원래 이 이야기의 원형이 된다는 백조 처녀의 상대 파트너는 사냥꾼으로, 그가 백조의 깃옷을 훔쳐서 혼인하게 됩니다. 우리 이야기에서는 사냥꾼이 보조 인물로 등장하지만 주인공은 아닙니다.

사냥꾼과 나무꾼은 격이 다릅니다. 여러분들이 잘 알고 있는 고구려 고분 벽화 가운데 사냥, 곧 수렵하는 그림이 있습니다. 거기에 보면 큰 사슴이나 호랑이같이 생긴 동물을 말을 타고 가면서 사냥하는 장면이 나옵니다. 옛날에는 사냥이 하나의 무예로서 마치 오늘날 스포츠를 즐기듯이 했습니다. 물론 이야기에 나오는 사냥꾼이 직업적인 사냥꾼인지 사냥을 즐기기 위해 잠시 사냥하러 나오는 것인지는 알 수 없지

▷무용총의 수렵도.

만, 나무꾼의 처지와는 상당히 다르지요.

사냥꾼은 이 이야기의 다른 유형에서는 포수(砲手)로도 등장하는데, 포수는 조선 후기 화승총이 개량되면서 직업적으로 사냥하는 사람들이었습니다. 조선말에 일제 침략에 맞선 의병 운동 때 이들이 동원되어 의병의 화력이 증가하기도 하였으나, 일제 강점기 때는 총포 소지를 금지하였기 때문에 점차 직업으로서 포수는 사라졌고, 광복 후 일부 사람들에게 엽총 소지를 허가하여 요즘처럼 일종의 스포츠로 즐기는 경우도 있었습니다. 필자의 선친도 1960년대에 엽총을 소지하여 수렵이 허가된 가을이나 겨울철에 사냥을 하기도 하여 종종 따라다닌 기억이 있습니다. 그러니까 1960년 이후 채록된 자료에 등장하는 포수의 이미지는 이들과 일정한 연관이 있고, 나름대로 부를 소지한 사람들이었습니다. 정신분석학의 관점에서는 사냥꾼을 나무꾼의 초자아(superego)▼의 상징으로 봅니다.

각설하고, 이런 포수(사냥꾼)와 나무꾼의 차이는 큽니다. 사냥꾼이 수렵자라면 나무꾼은 채집자입니다. 대개 원시 시대부터 노동의 역할을 보면 남자는 수렵을 하고 여자는 채집을 하였지요. 채집자는 남성으로 택할 수 있는 최하위 직업입니다. 다른 유형에서는 나무꾼 대신 가난한 총각이나 머슴, 심지어 '만수', '난수' 등의 구체적인 사람으로 등장하기도 합니다. 머슴은 일반인 가운데 빈곤한 사람이 부잣집에서 계약을 맺고 일하는 사람이므로, 신분 차이가 없는 사회 속에서는 최하위 계층에 속합니다. 머슴으로 등장하는 경우는 대개 광복 후에 수집한 자료입니다.

그러므로 이러한 표현은 모두 나무꾼의 처지와 관련된 것으로, 신분이 낮고 빈곤하여 결핍, 곧 부족함이 많은 남성을 상징합니다. 더군다나 주인공은 나무꾼이든 머슴이든 직접 땅과 마주하며 일하는 사람들입니다. 땅을 떠나 살아가기 힘든 사람들입니다. 예나 지금이나 땅과 일정한 거리를 두고

▼ 정신분석학에서 인간의 자아(ego)를 감시하고 안내하는 정신의 한 측면으로, 종교나 도덕적 가르침, 아버지의 훈계 등이 초자아를 형성하는 데 영향을 줍니다.

손톱 밑에 흙이나 먼지 하나 안 묻히는 사람을 고귀하거나 잘사는 사람으로 생각하는 사회에서는, 이렇듯 땅이 상징하는 노동과 가까이 있는 사람을 천하게 여겼습니다.

그러니까 백조 처녀의 주인공인 사냥꾼과 우리의 나무꾼을 동일한 선상에서 보아서는 안 될 것이며, 이야기 주제 또한 그것과 달라질 수 있다는 점을 예상할 수 있습니다.

이렇게 부족한 게 많고 신분이 낮은 나무꾼을 남자 주인공으로 설정한 것은, 그의 파트너인 선녀에 비해 신분적 차이를 극단적으로 드러내기 위한 의도된 문학적 장치로 판단됩니다. 만약 몇몇 연구물에서 보이는 것처럼, 이 이야기의 주제가 약탈혼이나 남성 심리 또는 남성의 꿈이나 소망과 관련된 것이라면, 굳이 남자 주인공을 가장 비천한 상태로 설정할 필요가 없었을 것입니다. 힘과 돈이 있고 예쁜 아내도 있고, 그러면서 욕심이 많아 음흉하고 여자를 자기 소유물처럼 마음대로 할 수 있다고 여기는, 고집불통 남성을 주인공으로 내세워도, 이런 주제를 감당하기에는 충분하기 때문입니다. 설령 이 이야기의 주제가 여성에 대한 남성의 심리나 꿈과 관련된다 하더라도, 평소 여성을 상대할 기회도 없는 비천한 신분의 남성이 여성에 관해 꾸는 꿈에 대해서 민중들이 그렇게 관심을 갖고 살펴볼 필요도 없을 것입니다.

이러한 나무꾼의 부족함은 단지 신분상의 특징만이 아니라 전통 사회에서 남성상의 결핍으로도 나타납니다.

또 심리학적 방법으로 연구된 자료를 보면 나무꾼은 어머니의 영향에서 벗어날 수 없는 일종의 미숙아로 분석됩니다.

이 점은 앞에서 나무꾼의 성격을 설명할 때 다 말했습니다.

나무꾼의 이런 성격은 전통 철학의 음양(陰陽) 사상˅으로 설명해낼 수 있습니다. 음양 사상에서 보면 남성은 양(陽)의 속성에 속합니다. 양의 속성과 관련된 사물에는 하늘, 태양, 운동, 강건, 낮, 불, 여름 등으로, 전통 사회에서 정상적인 남성이 소지해야 할 자질은 활동성과 적극성 그리고 강건함입니다.

특히 그림처럼 음효[--]와 양효[—]로 짝을 이루어 상징을 만든 『주역』˅˅에서 여섯 개 모두 양효(陽爻)로만 이루어진 괘가 건(乾)괘요 모두 음효(陰爻)로만 된 것이 곤(坤)괘인데, 건은 하늘을 상징하고 곤은 땅을 상징합니다. 『주역』에서는 이 건의 원리가 남성적인 것을 이루고 곤의 원리가 여성적인 것을 이룬다고 봅니다. 그리하여 후대의 해석은 하늘은 사물의 출발을 주관하고 땅은 만물을 이루며, 양이 먼저하고 음은 뒤따르며, 양은 주고 음은 받으며, 양은 가볍고 맑아 형체가 없으나 음은 무겁고 탁해 흔적이 있다고 합니다.

그런데 실제적 역사 속에서는 남녀를 이러한 음양의 특징에 고정시켜 이해하는 경향이 강했습니다. 학문적으로 깊이가 없는 삼류 지식인들의 영향을 받는 민간에서는 더욱 그

˅ 세상에 드러나는 현상을 '음'과 '양'이라는 두 가지 요소로 보는 관점으로, 음은 땅과 달, 물, 소극적, 여성적, 차가움, 정지, 겨울 등을 상징한다면, 양은 하늘과 태양, 불, 적극적, 남성적, 따뜻함, 운동, 여름 등을 나타냅니다.

˅˅ 『주역』은 원래 점을 쳐서 해석하는 책이었습니다. 송나라 때에 와서 철학적으로 재해석하는 작업이 이루어졌지만, 그 이후로도 여전히 점치는 일과 연관시켰습니다.

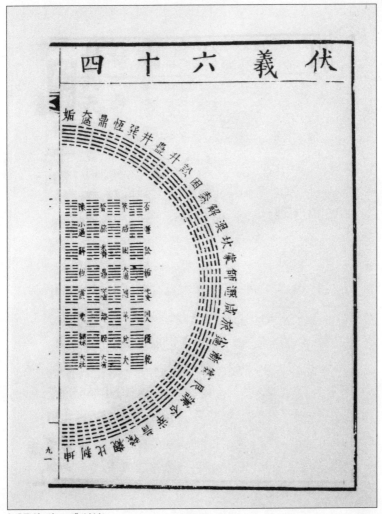

▷『주역』의 64괘(부분)

렇게 이해하였습니다. 곧, 남자는 하늘이고 여자는 땅으로
서, 남자가 늘 적극적이고 앞장서야 하며 여성은 남성을 따

르되 적극적이어서는 안 된다는 생각이 그런 것입니다. 이런 탓에 전통 사회에서는 오늘날과 같은 바람직한 남녀상의 이해가 불가능한 코드가 되어버렸지요. 어쨌든 일반 민중들의 생각을 지배한 남성에 대한 관념은 하늘, 양, 강건, 굳셈 등입니다.

그러니까 선녀의 배필로 적당한 남성은 나무꾼이 아니라, 더 잘나고 능력이 있고 귀한 신분이어야 한다는 것이 당시 사람들의 생각입니다. 그러니까 나무꾼의 품성과 자질, 신분을 훨씬 뛰어넘는 자입니다. 물론 여기에서 선녀의 짝으로 알맞은 신분 높은 군자나 호걸의 특성까지 거론하지는 않겠습니다만, 옛 사람들의 사고 방식에는 애초부터 못난 놈은 좋은(잘난) 여자의 짝이 될 수 없다는 생각이 지배적이었다는 것은 분명해보입니다. 나무꾼 주제에 어딜 감히 예쁜 여자를 넘볼 수 있느냐 뭐 이런 생각일 것입니다. 이 점은 지금 사람들도 인기 있고 예쁜 여자 연예인이, 잘 생기지도 못하고 가진 것도 없고 능력도 없는, 그야말로 별 볼일 없는 남성과 혼인한다면, 모두가 미쳤다고 아우성치는 것과 똑같은 논리입니다.

어쨌든 나무꾼의 입장에서는 사슴을 도운 덕으로 행운을 잡게 됩니다. 이렇듯 사슴은 나무꾼에게 결핍된 것을 충족할 수 있는 길을 열어줍니다. 은혜에 대한 보답입니다. 다시 말해 사슴은 나무꾼의 본능과 결핍을 충족시켜줄 수 있는, 진정한 남성이 될 수 있는 길을 안내합니다. 여기서 본능이란 짝짓기의 본능이요, 결핍이란 아내와 자식 등 가족이 없다는 점입니다. 여하튼 이렇게 하여 나무꾼에게 아내와 가족이 생기게 합니다. 문제는 그 방법입니다. 이렇게 나무꾼이 정상적인 방법으로 아내를 맞이할 수 없었던 것은, 그가 고립되어 있었을 뿐 아니라 경제적으로도 너무 가난하였고 신분상으로도 비천했기 때문입니다.

그런데 이게 웬 행운입니까? 날개옷만 감추면 된다니! 옷만 감추어도 혼인할 수 있다는 것은 노력 없이 기만적 행위로 문제를 해결하는 방식입니다. 인권이 신장된 현대 시각에서 보면, 분명 기만에 앞서 범죄 행위라 할 수 있습니다. 그러나 보통의 인간이란 이런 도덕적인 성찰보다는 당장 눈앞의 이익에 쉽게 굴복하는 존재가 아닐까요? 여러분은 그런 경험이 없습니까? 눈앞의 이익을 범죄 행위 없이 간단한 기만으로 차지할 수 있다면, 여러분은 도덕적 양심보다 그 이익에 쉽게 유혹당하지 않습니까? 더욱이 이 세상 누구보다 아리따운 여인과 혼인할 수 있다는데, 어느 바보 같은 얼간이가 그것을 마다하겠습니까? 옷만 감추면 된다는데 말입니다. 이것은 분명 행운이요 하느님의 선물이라고 강변할 것입니다.

그런데 '선녀의 날개옷을 훔쳐 같이 산다'는 기만적 문제에 대하여 당시 민중들은 어떤 태도를 가졌을까요? 선녀란 천도복숭아처럼 상상 속에서나 존재합니다. 오늘날로 말하면 사이버 공간의 인물과 흡사합니다. 천도복숭아를 몰래 따 먹었다고 인간의 입장에서는 도둑질로 여기지 않듯이, 사이버 공간의 게임 속에서 상대를 속이거나 물건을 훔쳤다고 해서 양심의 가책을 느끼지 않습니다. 현실 속에 실제로 존재하지도 않는 인물을 내가 아닌 제삼자, 그것도 순진하지만 가난하고 불쌍하고 착하기만 한 나무꾼에 의하여 강압적으로 그의 아내가 되도록 한다고 해서 그걸 민중들, 특히 남성들이 도덕적으로 문제 삼았을까요? 더군다나 실제로 이웃에 사는 여성에게 강압적인 행동을 할 경우에는 사회적 비난, 걱정하는 여성의 부모, 가해자에게 다가올 형벌이나 책임 등이 고려되기 때문에 이런 일을 실행하지 못하지만, 선녀의 경우는 전적으로 하늘나라의 문제요 인간의 관심 밖 세상의 일입니다. 잘 먹고 잘사는 딴 세상의 여성을 어떤 식으로든 취하는 게 장땡이라는 생각이 아니었을까요?

앞에서 잠시 언급했지만, 남성들이 생각하는 선녀는 분명히 자신이 이상적으로 생각하는 여성입니다. 선녀는 오늘날로 말하자면 남성들에게 인기 있는 여자 연예인, 할 수만 있다면 주저 없이 먼저 탐할 수 있는 존재입니다. 이런 점에서 선녀의 이미지는 전형적인 남성 내면의 마음속에만 존재하는 여성상으로 보는 것은 전적으로 옳습니다. 이런 시각에서 보면 선녀는 더 이상 신적인 존재가 아닙니다. 그저 예쁜 짝짓기 파트너요, 능력 있는 아내요, 많은 자식의 자애로운 어머니면 그만입니다. 이 점은 계속 이어지는 이야기나 다른 유형에서 고스란히 반영시켜놓고 있습니다.

사실 근원적으로 볼 때 혼인, 특히 짝짓기를 위한 전략적 행위에는 크든 작든 기만, 곧 일종의 속임수나 눈속임이 따릅니다. 여자들이 화장을 하거나 몸치장을 하는 것과, 남자들이 멋있게 또는 능력 있게 보이려고 행동하는 것도, 자신의 실제 모습을 남에게 다르게 보이게 한다는 점에서 기만과 관련이 없을까요? 현대인들은 확실히 이런 기만적 전략에 탁월합니다. 성형 수술은 기본이고 온갖 화장술이나 의상 그리고 각종 태도나 행동을 통해 자신의 매력을 뽐내거나 능력을 과시하기도 합니다.

그리고 중매쟁이가 혼인을 성사시키기 위해 신랑이나 신부 집에 상대편을 과장해서 소개하는 것이 상식처럼 되었는데, 그 또한 일을 성사시키기 위해 기만이 필요하다는 것을 입증하는 것이 아닐까요?

필자는 이러한 비천한 남성의 본능적 욕구 충족의 대상이 이웃이나 이 세상의 여성이 아니라, 상상 속의 선녀로 대체되면서 구비 문학이라는 장치를 통해 그 욕구가 어느 정도 해소되거나 승화*된다고 말하고 싶습니다. 젊고 건강한 남성이라면 그가 누구든, 성인군자가 아닌 이상 아름다운 여성을 본다면 마음속으로 짝짓기하고 싶은 마음이 생기지 않는 것이 이상할지 모릅니다. 그것이 모두 일종의 기만으로 위장되어 있다고 해서 도덕적으로 문제 삼아야 할까요? 그래서 이 세상의 남성들이 불순한 늑대 취급을 받아야 할까요?

동물생태학적 관점에서 보더라도 물론 예외는 있지만, 수컷은 되도록 많은 암컷을 거느리려고 하고, 암컷은 능력 있는 수컷에게만 몸을 허락하지 않던가요? 이것이 인간 문화

---

*정신 분석에서, 심리 현상의 근저가 되는 성욕적인 에너지가 사회적으로 보람을 주는 예술·종교 활동 등으로 전환하는 일을 말합니다.

의 밑바탕에 흐르는 찬란한 변주곡의 테마가 아닐까요? 인간을 진화의 산물이라 인정하고, 인간의 본질을 고상한 철학적인 이념으로 몰고 가지 않는다면 말이죠. 그래서 현대에도 능력 있는 남성들은 일부일처제라는 제도적 제한점이 있음에도 불구하고 많은 여성을 거느리고 있거나 거느리려는 노력이 애처롭습니다. 소위 대중들을 위한 드라마에 자주 등장하는 남자의 바람기나 불륜이 그것입니다. 물론 그 반대 현상도 없는 것은 아닙니다. 반면에 여성은 대개 잘생기고 능력 있으며 자신을 편안하게 해주는 남성을 따릅니다. 이 또한 동물적 생태가 위장되어 적용됩니다.

이런 동물적 현상에 대하여 필자도 도덕적이고 법적인 예방 장치가 어느 정도 필요하다고 인정하는 사람이지만, 도덕이라는 것도 그것이 생겨난 입장에서 따지고 보면, 하늘에서 뚝 떨어진 것이 아니라, 인간 사회의 질서를 위한 정신적 산물이기에, 근원적으로 인간의 본능적 행위를 막을 수는 없는 노릇입니다. 더구나 법적으로 문제가 없다면 도덕적 민감성이 둔해진 현대의 뻔뻔스런 인간들이 못할 게 뭐가 있겠습니까? 이들이 자신의 의도를 은밀히 진행하는 한 이드(id)⌄를 조종하는 초자아(superego)는 더 이상 이들을 간섭하는 존재가 될 수 없을 겁니다.

우리나라의 성매매금지법은 이러한 쌍방의 사랑이 전제되지 않은 짝짓기, 그것도 상대를 돈으로 사서 성욕을 해결

⌄정신 분석학 용어로, 인간 정신의 밑바닥에 있는 본능적 에너지의 원천을 말합니다.

하려는 것을 막기 위해 법제화된 것이지만, 음성적인 매춘과 유사 성매매 업소의 수, 그리고 인터넷으로 소개하는 성매매 행위를 합쳐서 본다면, 그것을 비웃기나 하듯 실효성이 의문스럽습니다. 성매매금지법은 오히려 변종 매춘을 확대시킬 뿐입니다. 매춘이 인간의 역사만큼이나 오래 되었다는 점은 그것이 인간의 법이나 도덕으로 근절시킬 수 있는 문제가 아님을 뜻합니다. 마치 부자를 없애 공평한 세상을 만들 수 없는 것과 동일한 문제입니다. 이것은 이렇듯 인간의 욕구나 욕망과 관계된 문제이고 인간 존재의 한 방식이기 때문에 이성*적인 접근이 어렵다는 점을 지적한 것입니다. 그러나 매춘을 사회악이나 인권 문제로 접근하여 문제를 해결하려는 것과, 매춘 자체를 부정하는 것은 다른 차원의 문제입니다. 필자는 매춘을 부정하고 싶어도 부정되지 않는다는 점에서 말한 것입니다.

이런 설명은 상대를 (성적으로) 잡아먹고 싶은 동물적인 욕망이 더 근원적이고, 상대를 여성으로나 남성으로 인정해주고 배려해주는 것은 이성적이며 부차적이라는 뜻입니다. 감성이 지배하는 세계를 야만이라 부르든 동물 사회라 부르든, 그 또한 생명력과 에너지의 원천임을 부인할 수 없습니다. 또 인간 삶의 한 부분으로서, 아니 인간의 모든 행동을 좌우하는 동력으로 인정할 수밖에 없는 것입니다. 그러니 나

---

*이성(理性)은 종종 정신과 같은 의미로 쓰이는데, 철학적인 의미로는 사물을 옳게 판단할 수 있는 정신 능력을 의미하며, 감성(感性)이 상대어라고 할 수 있습니다.

무꾼의 기만적 행위를 두둔하는 남성 전승자들만이 아니라, 자신에 방에 인기 연예인들의 사진을 붙여놓고 매일매일 바라보면서 온갖 상상을 하는 오늘날의 청년들도, 근원적으로 볼 때 나무꾼의 행위와 하나도 다르지 않습니다.

현대의 도덕, 그것도 순수한 결벽증에 가까운 추상적 윤리의 잣대로 신화나 민담을 본다면, 주인공들은 거의 몹쓸 사람이 됩니다. 여성과 한 번 관계만 가진 뒤 나몰라하고 팽개친 주몽 신화의 해모수나 무가(巫歌) 속의 천지 왕이 그렇고, 심지어 단군 신화의 환웅은 동물(곰)과 짝짓기를 한 변태에 속합니다. 만약 변태가 아니라 인간 존재 방식의 신화적 설정쯤으로 이해한다면, 우리 민족은 신을 아비로 동물을 어미로 한 신성(神性)과 동물성을 겸비한 존재인 것입니다. 인간이란 원래 그런 양면을 소유한 존재가 아닙니까? 서양 사람들이 말하기 좋아하는 천사와 악마의 중간 말입니다. 이런 '나무꾼과 선녀' 이야기의 뿌리도 신화이기에 덧붙여본 말입니다.

지금까지 논의된 것을 정리해보자면, 마음씨가 나쁘지도 않고 별 볼일 없는 남성이 운 좋게도 사슴을 살려준 보답으로 선녀를 아내로 맞이할 기회를 포착했는데, 최하층의 남성이 최고의 여성을 만난다는 이야기입니다. 그 과정에서 짝을 갖기 위해 어쩔 수 없이 기만적 전략을 기본적으로 사용할 수밖에 없다는 점을 지적했습니다. 거기에 맞는 자격이 못 되었기 때문입니다. 이게 '짠' 하고 클로즈업하는 이 드라마틱한 이야기의 서막입니다. 이런 임자 없는 호박이 덩굴째

굴러오는데 못 먹는 놈이 바보입니다. 지나친 도덕적 해석을
일단 자제하고 있는 그대로 보자고 제안합니다.

선녀의 날개옷을 훔치다

선녀는 왜 지상에서 그것도 대낮처럼 밝은 보름날 밤에
목욕을 해야 했을까요? 실제로 선녀가 하늘에서 내려오든
안 내려오든 간에, 이 이야기를 꾸며낸 민중들은 도대체 보
름날 밤에 여성의 목욕을 통하여 무엇을 말하고자 했을까
요? 그것도 연약한 여자가 한밤에 비록 깊은 산 속이라고는
하지만, 보름달 아래서 옷을 벗고 연못에서 목욕을 한다는
것은 무엇인가를 암시하기 위한 행동이 분명합니다.

아마도 가장 큰 이유는 나무꾼에게 선녀라는 대상을 만날
수 있는 계기를 마련해주는 문학 작품 구성상의 배려이기
때문입니다. 그렇다면 왜 목욕일까요? 지상에서 유람할 수
도 있고 다른 일도 할 수 있는데 말입니다. 적어도 달밤의 목
욕은 성적인 그 무엇을 상징하고 있고, 나무꾼과의 혼인이
전적으로 나무꾼의 기만에 의해서만 이루어진 것이 아니라
는 점을 암시하고 있습니다. 신윤복의 그림처럼, 예전에 달
밤만큼이나 남녀가 만나기 적당한 때가 또 어디 있던가요?

물이 생명이나 생산력, 재생(再生), 정화(淨化)와 관련되어
있다는 견해에는 민속학자나 신화학자, 심지어 정신분석가
들도 일치된 태도를 보입니다. 우리 전통의 음양론으로 보면
물은 땅, 달, 정지, 순함, 밤, 겨울과 함께 음에 속합니다. 보

▷아무래도 남녀는 달밤에 만나는 게 제격인 모양이다. 신윤복의 「월야밀회」(간송미술관). 강명관, 『조선 사람들, 혜원의 그림 밖으로 걸어나오다』, 푸른역사, 2004, 69쪽.

름날 밤에 목욕하러 지상으로 하강한다는 것은 선녀가 음에 속한다는 철학적 사상을 아름답게 문학적으로 표현한 것입니다.

　이것은 선녀가 비록 양의 성질을 지닌 천상에 살더라도 음적인 존재이기 때문에 지상의 것과 관계되지 않으면 안 된다는 생각이 들어 있습니다. 다시 말하면 여성으로서 혼인도 하고 아이를 생산해야 한다는 생각, 언제까지나 하늘나라의 시녀로서 살아야 한다는 것은 가혹한 운명이라는 생각이 들어 있습니다. 선녀라도 여자인 이상 혼인해서 자식을 낳고 살아야 한다는 것, 아무리 지체 높아도 여자인 이상 여자의 역할을 벗어날 수 없다는 그것이 민담 전승자들의 생각이었을 것입니다. 그것이 당시 사회에서 여성이 갖는 당연한 삶이기 때문입니다. 이것은 여성에게 경제적 또는 사회적 지위를 부여하지 않음으로써 여성을 전적으로 자식이나 아내, 어머니로서 의존적인 존재로서만 살아가도록 했기 때문입니다. 따라서 여성이 혼인한다는 것은 선택이 아니라 필수였습니다. 앞의 삼종지도의 본질이 바로 그것입니다. 설령 잘사는 집안의 딸이라고 해도 나이가 들면 꼭 혼인해야 했습니다. 가문의 체면이라는 것이 있어서, 또 관습이 혼인하지 않고 친정에서 늙는다는 것을 허용하지 않았기 때문입니다.

남성 또한 여성이 반드시 혼인해야 했기 때문에 그가 비천한 사람이 아니라면 오늘날보다 혼인하기가 한층 쉬웠습니다. 그리고 혼인해서 자식을 낳아 가풍과 혈통을 잇고 조상의 제사를 모셔야 한다는 점에서 혼인은 남성에게도 꼭 해야 하는 일입니다. 따라서 당시 남녀가 혼인하지 않고 산다는 것을 상상할 수도 없었습니다. 선녀처럼 신분도 높고 살림도 넉넉한 집안의 자식에게 혼인이란 너무나 당연한 일입니다. 그런 까닭으로 유학자들은 불교의 스님들을 두고, 혼인하지 않는 이유 하나만으로도 인류을 위반한 외도이단(外道異端)이라 배척하였습니다.

이렇듯 선녀의 목욕이란 임신이 가능한 여성의 자녀 생산과 이에 수반하는 성적인 사건을 암시하고 있습니다. 선녀가 지상에 내려와 대낮처럼 환한 보름달 아래서 목욕하는 것 자체가 엄청난 도발 행위입니다. '누가 날 데려가서 살았으

▷신윤복의 「단오풍경」(간송미술관, 출처는 이동주, 앞의 책, 271쪽).

면 좋겠다'는 표현일 수 있습니다. 옛날의 문학 작품에서 여성이 야외에서 목욕하는 것은 남성에 대한 여성의 일종의 유혹 행위를 간접적으로 드러내는 장치입니다. 직접적 유혹이라 할 수는 없어도 냇가에서 여성이 목욕하거나 빨래하는 것을 훔쳐보는 것만으로도 남성들의 관심을 충분히 끌었습니다.

이 점은 조선 후기의 화가인 김홍도나 신윤복의 그림을 보면 쉽게 확인할 수 있습니다. 그러니 야외에서 목욕하는 것이야말로 여성들이 엄두도 못 낼 일이지만, 만약 그것이 가능했다면 남성들에겐 커다란 유혹으로 인식되었겠지요.

▷김홍도의 「빨래터」(국립중앙박물관, 출처는 강명관의 앞의 책, 93쪽).

제시된 그림 속의 여성이나 물, 숲이 모두 음이고, 양이란 몰래 훔쳐보는 남자들인데, 전통적으로 음양이 서로 이끌리는 것은 당연한 이치로 봅니다. 이런 상황에서 모든 책임을 나무꾼에게만 전가하는 것은 부당합니다. 사슴이란 나무꾼의 본능을 상징하는 이드(id)일 수 있겠지만, 굳이 사슴이 아니라도 시간이 되면 이런 천기(天機)는 누설되기 마련이고, 나무꾼이 아닌 또 다른 누구의 아내가 될 가능성이 농후하기 때문입니다.

　얼핏 부당하게 보이는 남녀 관계도 이렇듯 어쩌면 조금은 서로 원해서 된 것이라고 말한다면, 독자들은 필자를 성폭행을 당한 피해자에게 '피해자에게도 일말의 책임이 있다'고 말하는 무식한 사람쯤으로 오해할 수도 있겠습니다. 또는 여성을 희롱하면서 '당신도 좋으면서 뭘 그래?' 하는 무뢰배 정도로 여길 수도 있겠습니다. 그러나 오해하지 마시기 바랍니다. 필자가 말하는 것은 그런 범죄 행위를 놓고 말하는 것이 아니라, 그 결과에 대해서 오늘날과 같은 범죄가 성립되지 않는 상황에서 '남자는 앞장서고 적극적이어야 하며, 여자는 소극적으로 따라야 한다'는 전통적인 관습을 이 이야기가 충실히 반영하고 있다는 점을 지적하기 위해서입니다. 선녀가 정말 나무꾼을 싫어했다면 끝내 혼인하지 말았어야 하지 않습니까?

　남녀의 사귐에서 전통의 흔적으로 보이는 태도는, 흔히 남자는 여자가 어떤 속마음을 가지고 있는지 배려하지 않고 제 마음대로 지레짐작해서 행동하고, 반대로 여자는 속마음을 숨기고 내숭을 떨면서 남자를 따르는 경향이 있습니다. 일이 성사되었다는 것은 남성은 적극성을 띠었고 여성은 내숭을 떨지만 마음속으로 은근히 바라면서 못 이기는 척 남성을 따랐다는 뜻이 됩니다.

　그런데 남자가 구애할 때 여자의 행동이 내숭인지 거절인지 판단하는 것은 결코 쉬운 일이 아닙니다. 실패하더라도 도전하는 것이 남자의 몫입니다. 한두 번 실패했다고 단념하면 여성으로부터 남자의 진실성을 의심받습니다. 끝임 없는 구애 작전이야말로 성공의 어머니입니다. '열 번 찍어 안 넘어가는 나무 없다'는 속담을 신조로 삼고 말입니다. 그래도 안 넘어가면 빨리 단념해야 합니다. 마음이 전혀 없다는 뜻일 테니까요.

여성의 이런 모습은 남성의 기만적 짝짓기 전략에 대한 현명한 방어 전략인지도 모릅니다. 이렇듯 남성의 기만과 여성의 내숭이라는 전통적 방식은 그렇게 쉽게 포기될 성향이 아닌 것 같습니다. 그것은 오랜 진화의 산물이고 삶을 유지하는 기본 전략이기 때문입니다.

그런데 모든 남성이 완전히 양의 성격을 띠고 모든 여성이 오로지 음의 성격을 띠는 것이 아니라면, 이러한 음양 사상에 의해 남녀의 성격을 규정하는 것에는 분명 문제가 있습니다. 이러한 생각은 분명 남성과 여성의 행동을 불변한 것으로 고정시켜, 이 특징에 벗어나는 남자와 여자를 비정상적으로 바라봅니다. '계집애 같은 남자' 또는 '사내 같은 여자'로 표현되는 말이 그것을 잘 나타냅니다. 당연히 우리의 전통에서도 이와 같은 특성을 지닌 사람들을 좋은 시선으로 바라보지 않았습니다. 음양 사상에 의해서 남녀의 행동을 바라보는 방식은 아직도 유효한 우리의 문화 현상입니다.

그러니까 나무꾼은 어쩌면 이런 적극성이 부족한 계집애 같은 사내입니다. 그에게 날개옷을 훔친다는 것은 대단한 모험과 용기가 필요한 일입니다. 설령 마음속에 여성을 궁지로 몰아넣어 아내를 삼고자 하는 욕망이 있었을지라도, 보통의 남성들도 그렇듯 자신의 욕망을 그대로 거침없이 실행에 옮기는 것은 어려운 일입니다. 선녀의 동의 없이 혼인한다는 것은 그에게 매우 벅찬 일입니다.

또 이 이야기의 다른 유형을 보면, 선녀는 비록 날개옷을 잃어도 신적인 존재로서 신통력을 갖고 있기 때문에, 그녀가 정말로 싫었다면 나무꾼의 혼인 제의를 끝내 물리칠 수 있었을 것입니다. 그러니 선녀 또한 천상과 지상의 삶에 대한 갈등이 없을 수는 없었으나, 겉으로는 내숭을 떨어도 속마음은 나무꾼을 받아들이지 않았을까요? 더구나 여성이긴 하지만 혼인 후에는 일반 남자들처럼 적극성을 띱니다. 뒤에서 자세히 살피겠지만, 다른 유형을 보면 선녀가 지상과 천상에서 나무꾼을 이끌어나갑니다. 오늘날 씩씩한 대한민국 아줌마들의 특징을 볼 수 있습니다. 부창부수(夫唱婦隨)▼가 아니란 뜻입니다. 바로 이런 점에서 선녀의 내숭은 적극적 행동으로 변하고, 전통적 관습이나 생각에서 볼 때 이 둘의 행동은 서로 어긋납니다.

그런데 여기서 제일 어린 선녀의 옷을 훔치라는 사슴의 말은 무엇을 의미할까요? 대다수의 유형에서 이같이 전하고 있는데, 대개 그럴 만한 이유가 있습니다. 나중에 나무꾼이 천상에 올라가면 확인되는데, 나머지 두 선녀는 선녀의 언니들이며 어떤 변이에서는 혼인한 사람들입니다. 이들로부터

▼ 전통적인 부부 관계를 뜻하는 표현으로, 직역하면 남편이 이끌면 아내가 따른다는 말입니다. 곧, 남편 주장에 아내가 따르는 것이 부부 화합의 도리라는 뜻입니다.

나무꾼이 나중에 하늘에 올라가 시련을 당하기도 합니다. 곧 천상에서의 혼인 생활의 방해꾼들입니다. 이들이 또 가족 관계 속에서 갈등을 일으키는 당사자 역할을 합니다. 자신들이 사랑하는 예쁜 막내 여동생이 비천한 나무꾼과 혼인해 산다는 것을 인정할 수 없다는 행동이지요. 아마 그런 역할 때문에 문학적 인물 배치로 볼 때 이 점이 나이 어린 선녀의 날개옷을 훔치라는 가장 큰 이유일 것이고, 젊고 순결한 여성을 좋아하는 남성들의 관심이 반영되기도 했을 것입니다.

어쨌든 나무꾼은 선녀의 날개옷을 훔침으로써 혼인을 합니다. 선녀의 입장에서 볼 때 천상에서의 삶이 없어진 셈이지만, 대신 얻게 되는 것은 남편과 자식입니다. 진정한 여성으로서의 지위를 획득하게 된다는 뜻입니다. 선녀는 아내와 어미가 되었으며, 반면 나무꾼은 남편과 아비가 되었습니다.

사실 말이 혼인이지 엄밀한 의미에서 동거입니다. 혼인이 성립하려면 유교적 예법에서는 반드시 친영(親迎)˅이 있어야 합니다. 친영이라는 것은 중국의 예법이고, 애초 사위가 처가에 머무는 일이 다반사인 조선에서는 거부감이 많아 절충식으로 이루어진 예도 있었지만, 어쨌든 친영을 떠나서 볼 때도 혼인이란 당자자만의 문제가 아니라 가문끼리의 결합이고 사회적 통과의례라는 점에서 봐도, 나무꾼의 그것은 정상적인 일이 아님이 분명합니다. 하긴 이런 경우는 가난한 사람들이 정화수 한 그릇 떠놓고 부부의 연을 맺는 경우를

˅신랑이 신부 집에 가서 몸소 신부를 맞아들여 자기 집에서 혼례를 치르는 것으로 『주례(周禮)』에 등장합니다.

생각해본다면 이해가 되는 점이 있지만, 따지고 보면 그마저도 편법이고 상대가 선녀라는 입장에서 볼 때는 뭔가 맥이 빠지고 비정상적입니다.

이 점은 애당초 나무꾼의 파트너를 선녀로 설정할 때부터 생긴 문제입니다. 음양 사상의 관점에서 하늘과 땅은 각각 남성과 여성, 양과 음을 상징하므로, 여러 신화에서 보이는 환웅과 웅녀, 해모수와 유화 부인, 천지 왕과 총명 부인, 심지어 성령과 마리아의 관계는 여기에 맞아떨어집니다. 이들 모든 남성들은 하늘과 관계되고 여성은 땅과 관계됩니다. 곧 하늘은 비(씨)를 뿌리고 땅은 그것을 받아 기르며, 하늘이 앞서면 땅이 뒤따르고, 하늘이 적극적이면 땅이 수동적이라는 생각과 통합니다. 이런 구도는 비유적으로 남성과 여성의 짝 짓기 자세와, 남성이 여성에게 씨를 주어 여성의 몸에서 자손을 키워 생산하는 것을 나타내기도합니다. 실지로 고대는 자식이 남성의 씨(정액)에서 생겼고 여성은 단지 그 씨가 싹 트고 자라는 밭에 비유되었습니다. 그래서 자녀의 성은 당연히 남자의 성을 따랐고, 자신의 부인이 아이를 생산하지 못하면 다른 여성을 통하여 자식을 얻는 것도 이런 생각과 일정한 맥락이 닿아 있습니다. 그래서 '아버지 내 몸을 낳으시고(父生我身)'라는 말이 생긴 것입니다. 어린아이들은 그게 무슨 말인지 도무지 이해가 안 되었겠지요.

그런데 이와 반대로 '나무꾼과 선녀' 이야기에서는 양의 성질을 뜻하는 남성인 나무꾼은 지상에 묶여 있는 속세의 인간이나, 음의 성격을 지닌 여성인 선녀는 천상의 신적 존재입니다. 앞의 신화적 구도와 관계가 뒤바뀌어 있습니다. 이것이 이 이야기가 다양하게 펼쳐지는 중요한 요인입니다. 순탄치 않은 혼인 생활을 예고하는 점입니다. 전통 시대의 문화 코드에 어긋나는 사건이 어떤 결말을 가져올지는 분명하지 않습니까?

그런데 서두에서 사슴은 나무꾼에게 아이 셋(어떤 유형에서는 넷)을 낳을 때까지 날개옷을 보여주지 말라고 당부했습니다. 금기 설정입니다. 대부분의 이야기에서 금기는 깨지기 위해 있습니다. 그런데 이야기에서는 금기가 깨어짐으로써 이야기가 다양한 사건으로 변화됩니다. 때로는 이야기에서 주인공의 부당한 시련(거절당함)에 원인을 부여하기 위해서 깨질 수밖에 없는 금기를 설정하기도 합니다.

금기는 현실 세계에서도 종종 일어나는 문제입니다. 아이들이 부모들에게 자신들이 원하는 물건을 사달라고 조르면, 아이들이 지키기 힘든 것을 설정해놓고 그것을 어기지 않는다면 사준다고 약속하는 부모의 경우가 여기에 속합니다. 금기는 언제나 깨지고 부모는 그 핑계로 사주지 않습니다. 필자도 교사이니 아이들이 수업 시간에 조용히 하면 그들이 원하는 것을 들어준다고 종종 말합니다. 그러나 아이들이 떠들지 않는 때가 어디 있습니까? 독재 정권 시절 국민의 지적 수준이 올라가면 과감하게 민주화를 하겠다고 공언하는 독재자의 말과 무엇이 다릅니까? 국민 대다수의 지적 수준을 올리는 것은 민주화가 진행된 지금도 힘든 문제입니다.

긴 말은 생략하고, 왜 아이 셋일까요? 아마도 둘은 양팔에

끼고 갈 수 있으나 셋은 다 데리고 갈 수 없다는 계산일까요? 아마 그게 가장 큰 이유일 듯싶습니다. 비록 선녀가 속아서 같이 살아왔지만, 그도 여자이니 차마 자식을 버리지 못하리라는 생각이 작용했을 것입니다.

아이 셋을 낳을 때까지 날개옷을 보여주지 말라는 또 다른 이유는, 적어도 자식을 셋이나 넷을 낳을 때까지 산다면, 부부 사이의 정이 깊어져 헤어지지 않는다는 점이 고려되었을 것입니다. 고귀한 신분이었던 선녀가 속세의 인간으로 완전히 적응하는 데는 그 만한 시간이 필요하다고 여겼을 것입니다. 부부가 서로 완전히 이해하고 정이 쌓이려면 그 만한 기간이 필요하다는 것일 수도 있습니다. 설령 선녀가 마음속으로 나무꾼과 혼인하는 것을 원하지 않았다 하더라도, 같이 오래 살다보면 변할지 모르는 것이 사람의 마음이 아닙니까?

날개옷을 보여주지 말라는 또 하나의 상징은 자기보다 신분이 높은 사람과 혼인할 때는 금기가 많다는 것을 상기시켜줍니다. 오늘날 식으로 보면 잘난 여자와 불리한 조건에서 혼인하여 사는 못난 남자는, 그 여자가 언제든 자신을 버릴 수 있다는 조바심 속에서 살아야 함을 암시하는 대목입니다. 그 잘난 여자의 비위를 건드려도 안 되고, 떠날 수밖에 없는 핑계거리를 절대로 주어서도 안 됩니다. 적어도 일정 기간 동안 그렇다는 말입니다. 이 점은 그 흔해 빠진 텔레비전 연속극의 주제가 아닐까요? 걸핏하면 못살겠다고 화장실 가듯 친정으로 달려가는 신부의 모습 말입니다. 이런 남자에겐 눈에 보이지 않는 금기가 많다는 뜻입니다. 상류층 그들만의 생활 방식이 있기 때문입니다. 그래서 날개옷을 보여주는 것은 선녀에게 과거의 신분적 차이를 깨닫게 하거나 옛 일을 떠올리게 할 수 있기 때문일 겁니다.

선녀가 하늘나라로 떠나다

선녀는 나무꾼의 기만으로 그의 아내가 되었습니다. 자식도 둘이나 낳았습니다. 고단한 지상의 삶이지만 그래도 행복한 세월을 보냅니다. 다른 몇 개의 변이를 보면, 선녀는 신통력을 발휘하여 무능한 나무꾼을 부자로 만들어줍니다. 그것은 살아가는 데 큰 장애물이나 어려움이 없다는 뜻의 표현입니다.

그런데 선녀는 날개옷을 보고 싶어합니다. 아마 줄곧 그랬을 것이라고는 생각되지 않습니다. 그런 표현을 여러 변이에서 찾아보기 힘듭니다. 아마도 그것을 잊고 살았을지도 모릅니다. 날개옷을 입고 싶다는 생각이 불현듯 난 일은 혼인 생활을 하면서 세월이 좀 흘렀을 때입니다. 아이를 둘이나 낳았으니까요. 잊고 있었던 날개옷이 갑자기 보고 싶은 것은 무슨 이유 때문일까요? 날개옷이 보고 싶다는 것은 현실의 생활에서 벗어나고 싶다는 뜻일 게지요.

그 까닭은 잠시 보류하고, 날개옷에 대해 알아봅시다. 날개옷은 선녀에게 과거 신분의 상징입니다. 과거의 신분으로 돌아갈 수 있는 유일한 도구입니다. 또 그걸 입고 천상과 지상으로 왕래했으니 가볍고 자유로움을 상징합니다. 날개옷을 다시 찾아 입는다는 것은 지상에서 남편과 법도와 관습을 따르는 일에서 벗어나는 일입니다. 더구나 시집살이의 굴레에서 벗어나게 해주는 일이며, 나무꾼인 남편과의 분리를 의미합니다.

이렇듯 날개옷의 의미 가운데 하나는 해방과 자유로움입니다. 그리고 그걸 입으면 갈 곳이 있다는 뜻입니다. 그러나 조선 후기의 대부분의 여자들에겐 날개옷이 소용이 없었습니다. 출가외인이라 했으니 갈 곳이 없었기 때문입니다. 당시 현실로 보아 갈 곳이 있는 여성은 극소수의 권력이나 부를 소유한 집안의 딸일 것입니다. 그러나 그마저도 집안이나 가문의 체면을 중시하는 풍토 때문에 친정으로 불러들이는 경우는 매우 이례적인 일입니다. 그래서 당시 남성들로선 이렇게 말했을 것입니다. '너에겐 날개옷이 필요 없어'라고 말입니다.

고로 날개옷을 입고 싶은 선녀의 마음은 현실의 고된 삶에서 벗어날 수 없었던, 비록 상상 속에서나마 현실을 벗어나고 싶은 조선 여성들의 염원이 들어 있는 대목입니다. 그래서 이 이야기의 배경은 현실의 일상적인 삶이고, 천상이란 신성한 곳이 아니라 또 다른 세속적 삶이 이어지는 곳이며, 고된 여성들의 삶에 대한 도피처일 것입니다.

그럼 왜 나무꾼을 떠나고 싶었을까요? 아니 지상을 떠나고 싶었을까요? 일부 연구자들은 선녀가 지상의 삶보다는 나무꾼이 싫어서 떠나는 것에 더 비중을 두고 해석합니다.

▷금강산 만물상. 선녀가 내려다 본 금강산은 어떠했을까?

그 단초는 처음 날개옷을 숨긴 기만에 두고 있고, 나무꾼이
선녀 자신을 바라보는 여성상에 대한 실망 때문으로 보기도

합니다. 선녀에게 하늘나라는 삶이 시작되는 원천, 언제나 되돌아가 잃어버린 자신의 중심을 회복할 수 있는 심리적이고 영적(靈的)인 고향이며, 깊은 고독의 세계라는 관점에서의 해석입니다. 여성을 제대로 보지도 이해하지도 못한 나무꾼 때문이라고 합니다.

그러나 비록 나무꾼에 대한 선녀의 실망은 일단 수긍하더라도, 대다수 민담 속에서 보이는 것처럼 선녀가 살았던 하늘나라가 영적 고향이나 깊은 고독의 세계도 아닙니다. 단지 또 다른 세속에 불과합니다. 달리 말한다면 현실의 정신적 고달픔이나 육체적 노동으로부터 해방될 수 있는, 잘사는 선녀 자신의 친정이라고 보는 것이 좋을 듯합니다. 바로 민중들에겐 그런 세계가 없기 때문에, 그것은 각자의 마음속에서만 존재하는 것이요, 그렇기 때문에 장소와 관계가 없습니다. 그러므로 실제로 떠난다고 해결되는 문제도 아니고, 떠날 수도 없었습니다. 단지 마음속으로 떠나고 싶은 것뿐입니다. 그래서 선녀로 하여금 나무꾼을 떠나도록 이야기를 꾸민 것입니다. 잠재된 자기 소망의 문학적 표현이지요.

그래서 표면적으로 보면 선녀가 나무꾼을 떠난 것이 그에게 기만당한 그림자를 지울 수 없어서, 얄궂은 현실을 벗어나고 싶어서, 또 나무꾼의 무능함과 선녀 자신에 대한 그의 이해심이 적어서 떠나는 것처럼 보입니다. 원래 바람직한 혼인이란 자신이 좋아하는 이상적인 배우자를 만나는 것이지만, 선녀는 운수 사납게 재수가 없어 변변치 못한 사내인 나무꾼을 억지로 지아비로 맞이하게 되었습니다. 이상과 현실의 틈은 너무나 컸습니다.

현대의 여성이라면 이런 만남을 좀처럼 허용하지 않겠지요. 설령 운수가 사나워서 한때 별 볼일 없는 남성과 혼인했더라도 헤어지는 것이 당연하다고 생각할 것입니다. 하지만 당시 조선 후기의 시대적 배경에선 비록 마음에 들지 않은 혼인이라 하더라도, 한 번 혼인이 성사되면 좀처럼 헤어질 수 없는 것이 관례였으니, 떠나고 싶은 마음이야 굴뚝같아도 참고 살 수밖에 없었지요. 한 번 시집가서 혼인 생활에 실패한 여자가 다시 좋은 배필을 만난다는 것을 불가능한 일이었고, 심지어 과부조차도 재혼을 권장하지도 않았습니다.

따라서 선녀가 나무꾼을 떠나는 것은 당시의 관습에 비추어 뒤집어보면, 선녀 자신의 퇴행적 사고나 행동과도 무관하지 않을 것입니다. 현실 도피적인 행동이라는 뜻입니다. 아니면 선녀가 현대의 여성들처럼 자신의 주장이나 감정에 따라 행동하는 야무진 여성일지도 모릅니다. 그러나 문학이란 어차피 당시의 현실을 반영한다고 볼 때, 후자의 관점에서 이해하기에는 분명 어려운 점이 있습니다.

오늘날 입장에서도 혼인 생활이 필연적으로 개인 삶의 상실-희생-단절-죽음이 요청되는 주요 통과의례 가운데 하나임은 분명합니다. 따라서 남성이 여성에 대한 잘못된 생각을 가진 것과 똑같이, 여성도 남성에 대한 왜곡된 상을 가지게 되면 문제가 됩니다. 남성들이 자기 아내가 자기와 자식만을 위해 자기가 생각한 방식대로 살아야 한다고 믿는 점과 똑같이, 여성들이 자기 남편이 자기만을 알고 사랑해야 한다고 믿는 것도 잘못된 남성상일 수 있습니다. 남성들처럼 여성들이 이상적으로 생각하는 남성도 자신의 마음에서 만들어낸 그런 남성상일 것입니다. 흔히 이야기 속의 선녀는 신적인 존재로 여기지만, 지금 이 이야기 속의 선녀의 성격을 말할 때는 전혀 인간의 그것과 다르지 않습니다. 그것은 나중에 하늘나라에서 선녀의 행동을 보면 엿볼 수 있습니다.

설령 남성이나 여성이 서로를 위해 진심으로 사랑하고 헌신한다 해도 그건 잠깐입니다. 모든 것은 변한다는 것을 이해해야 합니다. 심지어 자기 자신마저도 그렇습니다. 사람이 살다보면 어릴 때의 마음과 청년 시절의 마음과 노년이 되었을 때의 마음은 일반적으로 다릅니다. 인간이 노쇠하면 죽었는지 살았는지 의식의 생사가 불분명하기도 합니다. 제행무상(諸行無常)ᵛ입니다. 이 세상 어떤 것도 변하지 않고 고정 불변하는 모습으로 존재하지 않는 것, 그게 바로 엄연한 우주의 진리가 아닌가요? 혼인 생활이란 새로운 삶이고, 세월이 가면 그 혼인 생활은 새로운 국면으로 바뀌고, 더 지나면 주인 잃은 빈 둥지만 남는 것이 인생이 아니던가요? 그걸 받아들여야 성숙한 인간이 됩니다. 그러니 부부 사이의 애정도 서로가 노력하지 않으면 변하기 마련입니다.

따라서 선녀가 나무꾼을 떠나는 이유가 전적으로 나무꾼의 기만이나 무능력, 자신에 대한 이해 부족 탓으로만 돌리는 것은 문제가 있습니다. 특히 선녀 자신도 이 이야기의 후

ᵛ 불교의 진리인 삼법인(三法印) 가운데 하나로, 이 세상의 어떤 것도 변하지 않는 것은 없다는 뜻입니다.

반부에 가서 천상에서 나무꾼을 돕기 위해 기만을 사용하는
데, 기만을 정말로 싫어했고 하늘나라 자체가 기만을 전혀
사용하지 않는 곳이라면 자신도 결코 기만을 사용하지 않았
을 것입니다. 어려움을 해결해야 할 때라면 기만이 필요하다
는 것을 그녀도 무의식적으로 인정하지 않을 수 없었기 때
문입니다.

그래서 비록 선녀의 내숭이라도 혼인 생활을 전제로 했을
경우에 천상으로 승천한 것은 선녀의 현실 도피입니다. 만약
선녀가 처음부터 혼인을 허락하지 않았고 강제로 살 수밖에
없었다면 이야기는 달라질 것입니다. 그 경우는 탈출과 해방
입니다. 그러나 비록 혼인 생활의 시작이 타의에 의하여 이
루어졌다고 해서 부부 관계가 내내 부정되는 것은 아니었습
니다. 이어지는 하늘나라에서의 일을 보면, 선녀는 나무꾼을
반갑게 맞아들이고 앞장서서 기만을 써가며 도와주기 때문
입니다.

어쨌든 오늘날 우리가 생각하는 남성상이나 여성상을 염
두에 두고 보더라도 남녀 사이에 사랑이 식어서, 곧 둘만의
애정에만 문제가 있어서 선녀가 나무꾼을 떠나는 가능성은
낮아보입니다. 그래서 만일 선녀가 역사적 민중 가운데 여성
의 상징이라면, 다른 점도 생각해볼 수 있습니다. 조선 후기
의 여성은 남편보다는 시어머니와의 갈등에 대한 희생물이
될 가능성이 크기 때문입니다. 게다가 가난한 민중이라면 고
된 육체적 노동과 분리될 수 없기 때문이기도 합니다. 그 대
표적 육체 노동이 길쌈,* 방아 찧기, 농사며 임신과 육아도

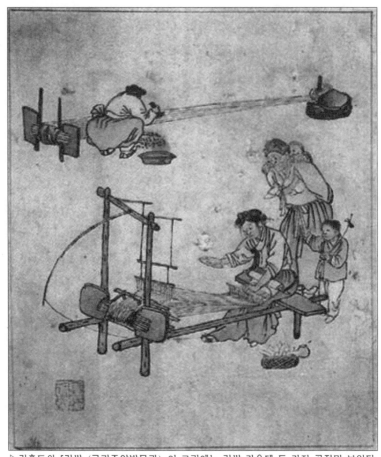

▷김홍도의 「길쌈」(국립중앙박물관). 이 그림에는 길쌈 가운데 두 가지 공정만 보인다.

그에 못지않았습니다. 이러한 육체 노동에 더하여 정신적 고통을 안겨주는 시집살이가 고되면 이야기는 달라집니다. 우리의 나무꾼과 같은 우유부단한 성격이라면 그 같은 고부

▼길쌈은 삼이나 모시, 무명을 심어서 실을 잣고 옷감을 짜고 옷을 만드는 모든 과정을 말합니다.

갈등을 조정하지도 못하고, 그렇다고 아내 편도 들어주지 못합니다. 왜냐하면 효도를 최고의 가치로 알았던 당시에는 부모의 뜻을 어길 수 없기 때문입니다. 내심 아내의 편을 들고 싶어도 오히려 겉으로는 아내를 나무라는 형국을 취할 수밖에 없었습니다.

이런 상황에서 여성들은 어디 하늘나라라도 갈 수만 있다면 가고 싶지 않았을까요? 그래도 그 야속한 남편은 버릴지언정 자식만은 버릴 수 없다고 생각했으니 얼마나 갸륵한가요? 그러면서 실제로는 참고 꿋꿋하게 버텨왔고, 자신들도 종내 그런 시어머니가 됩니다. 자식을 버릴 수 없었던 것은 자신의 분신임과 동시에 미움의 대상은 아니며, 일종의 노후보험 같은 역할을 하기 때문입니다. 고부나 부부 간의 갈등은 있어도 어린 자식에 대해서는 모성애가 발휘됩니다. 세계 어느 민족보다도 자식을 끔찍이도 사랑하는 우리 한국의 할머니, 그 할머니의 할머니들의 생각이 반영되었을 것입니다.

이야기대로 선녀가 정말로 떠났다면, 아니 그런 일이 현실 세계에서 실제 가능했다면, 필자가 볼 때 출신 배경과도 관련이 됩니다. 인간적 삶이란 누구나 어려운 환경에 처하게 되면 어느 정도 현실을 탈출하고 싶은 퇴행적 생각을 하기 마련입니다. 더구나 과거의 삶이 현재보다 더 좋았다면 물어볼 것도 없습니다. 따라서 그런 친정의 화려한 배경 때문에 현실을 극복하지 못하고 퇴행적 행동을 하게 됩니다.

그러나 누구나 시집살이를 그만두고 자기 친정으로 돌아가는 것이 가능하지는 않았습니다. 그 여인이 누구든 현실적 관습인 삼종지도를 벗어날 수 없기 때문입니다. 이렇게 가혹한 현실에 벗어날 수 있는 방법 가운데 대다수의 여인들이 택할 수 있는 길은 죽음뿐입니다. 당시 시대적 배경에서 그렇다는 뜻입니다. 선녀가 나무꾼을 떠난 참뜻은 이 땅에 살았던 수많은 여인들의 한(恨)의 카타르시스˅를 위한 문학적 표현입니다. 이야기를 전하는 사람들의 가난, 고된 노동, 고부 갈등, 남편의 무능력과 무관심, 여성 비하 등이 뒤범벅된 민중의 삶의 무게가 그녀를 떠나게 했을 것입니다. 선녀처럼 날개옷이라도 있었으면 좋겠다고 느꼈을 것입니다.

　선녀의 이런 모습은 오늘날에 와서야 겨우 텔레비전 연속극에 흔히 등장하는 단골 메뉴가 되었습니다. 나무꾼 같은 무능한 남편을 떠나는 것은 흠도 아니요 비난받을 일도 아닙니다. 시대와 사회적 여건이 더 이상 여성들로 하여금 억눌리면서 참고 사는 것이 미덕이 아니라고 보기 때문입니다. 부당한 대우에 대하여 더 이상 희망이 없을 때, 나무꾼을 떠나는 것은 오늘날의 선녀들의 능력이자 권리가 아니던가요? 그러나 이 이야기가 오늘날 자신의 자유로움을 위해 가정을 쉽게 내팽개치는 사람들의 핑계거리를 위해 있는 것은 분명 아닙니다. 이 '나무꾼과 선녀' 이야기의 결말이 행복하지 않기 때문에 자신의 삶이 이 이야기를 닮아서는 더욱 안 됩니다. 설령 나무꾼을 떠나더라도 결말은 아름답게 끝내도록 자신의 삶을 통해 보여주어야 합니다. 누가 그들에게 돌을 던

˅평상시 마음속에 억압되어 있던 감정을 해소하고 마음을 정화하는 일을 말합니다.

지겠습니까?

그런데 나무꾼이 사슴이 말한 금기를 잊고 선뜻 날개옷을 내주는 것은 그의 심성이 인정에 약하고 모질지 못하다는 점을 반증합니다. 어떤 해석자들은 '네까짓 게 애를 둘씩이나 낳았는데 설마 다 데리고 도망가랴?' 하는 나무꾼의 자만심 때문이라고 하지만, 이야기 속에서 계속되는 사건이나 다른 유형에서 보더라도 나무꾼의 자만심이나 자존심 따위는 그림자도 찾아보기 힘듭니다. 그리고 아내가 떠나자 다시 만나기 위해 사슴을 찾는 것도 아내나 자식에게 모질지 않다는 성격을 드러냅니다. 이러한 고부 갈등에 나무꾼이 소극적으로 대처하고 그의 우유부단한 점을 인정하더라도, 어머니 치마폭에 눌려 혼인 생활을 감당하지 못하고 심리적으로 퇴행한 나머지, 마음속으로 선녀가 떠나기를 바라고 있었다는 해석은 이 대목에서 전혀 이해가 되지 않습니다. 그렇다면 선녀를 찾아나설 이유가 전혀 없기 때문입니다.

나무꾼을 떠날 수밖에 없는 선녀의 행동에 대한 또 하나의 해석은 하늘나라의 부모에 딸이 필요했기 때문이라는 견해도 있습니다. 정말 그럴까요? 그렇다면 선녀의 행동은 너무나 퇴행적입니다. 이런 식이라면, 만약 오늘날 필리핀이나 베트남에서 한국 남자에게 시집온 여성들이 부모님이 그립다고 가정을 버리고 되돌아간다면 이해할 수 있을까요? 이들에게 기회가 주어진다면 순전히 그런 이유 때문에 되돌아갈까요? 결코 아닐 것입니다. 인간이란 언제나 결핍 없이 살기는 힘듭니다. 결핍이 성숙의 과정으로 나타날 수 있고, 때로는 예기치 않는 일로 말미암아 이겨내기도 합니다. 혼인이란 진정으로 성숙한 자에게 주어지는 것이기에, 그런 이유 때문에 선녀가 나무꾼을 떠났다면 분명 너무나 성숙하지 못한 행동입니다. 처음에 선녀가 누군가(나무꾼)와의 혼인을 내심 바라고 있었다는 점(내숭)을 인정했을 때 말입니다.

선녀와 아이들을 찾아 하늘나라로

이야기의 분위기를 보면 나무꾼과 선녀는 금슬이 크게 나쁘지 않았음을 알 수 있습니다. 적어도 나무꾼은 선녀를 사랑했다고 말할 수 있고, 선녀에게 나무꾼이 야속하긴 해도 무슨 벌레처럼 소름끼치게 싫은 사람은 아니었던 것 같습니다. 물론 선녀가 떠난 이후 나무꾼은 아이들도 보고 싶었을 것입니다. 그래서 사슴에게 다시 물어 하늘에 오를 수 있는 길을 알아냈습니다.

여기서 나무꾼이 집나간 아내를 찾아 하늘까지 오르는 것에 대해서는 나름대로 용기와 의지를 인정해야 할 것 같습니다. 일이 잘못되었을 때 그 일의 출발점, 곧 사슴을 다시 찾는 것도 현명한 방법이었습니다. 이렇게 해서라도 하늘에 올라 아내와 자식들과 같이 살고 싶었을 것입니다.

앞에서 정신분석에 따른 해석자들이 사슴을 나무꾼의 욕망인 이드를 상징한다고 말했는데, 그럼 여기서도 그런가요? 필자가 볼 때 두 번째 사슴은 순수한 이드의 상징이라 보기 어렵습니다. 정신분석학에서 인간의 행동은 이드와 초자아를 자아˅가 적절히 통제하는 과정입니다. 이드라고만 본다면 나무꾼이 하늘나라에 오르려는 것이 단지 선녀와의 짝짓기를 위한 욕망이 그 동력이 됩니다. 초자아가 동력이라면 나무꾼은 마지못해 가족을 찾으려는 의무감에서 행동할 뿐입니다. 자아가 이 둘을 통합해서 실천에 옮긴다고 볼 때, 두 번째로 사슴을 만나는 의도는 아내가 보고 싶고 아이들을 만나야 하겠다는 마음이 섞여 있습니다. 따라서 사슴을 이드의 상징으로만 보는 것은 문제가 있습니다. 민담 속에서 어떤 사물이 자신들의 이론을 증명해주기를 위해 '알라딘의 램프'처럼 숨겨져 있다고 믿으면 위험합니다. 따라서 나무꾼이 하늘에 다시 오르려는 동기는 욕망과 의무감(자식과 아내 사랑)의 결합 정도로 이해하면 되겠습니다.

그럼에도 불구하고 하늘에서 두레박으로 물을 퍼올리는 것은 일차적으로 나무꾼이 하늘로 올라갈 수 있다는 천기(天機)이자 사건 전개를 위한 장치입니다. 요즘처럼 펌프로 퍼올린다면 그건 불가능합니다. 설마 거미 인간처럼 수도 파이프를 타고 올라갈지는 모르지만. 부차적으로 생각해볼 수 있는 것은, 역시 하늘나라의 여성들도 여전히 음의 요소가 결핍되어 있음을 상징합니다. 그것도 보름날 달밤에 지상의 물을 두레박으로 퍼올리는 일이 그것을 말해주고 있습니다. 천상이지만 지상의 음의 요소가 필요하다는 뜻입니다. 유유

˅ 앞서도 나왔지만 이드(id)는 욕망을, 초자아(superego)는 신의 뜻이나 도덕이나 법률을, 자아(ego)는 현실적으로 행동하는 인간의 마음을 나타낸다고 힐 수 있습니다.

상종이라 하지 않았던가요? 그래서 동류(同類)가 하늘나라 여성들에겐 필요했습니다. 그런 상징이 녹아 있다고 보면 됩니다. 우리의 전통적 문화 코드로 보면 말입니다.

그래서 나무꾼이 도착한 곳도 선녀들이 목욕하는 곳입니다. 물을 퍼올리는 것이 당연히 목욕하는 곳일 테니까요. 혹자는 이것이 나무꾼이 여전히 목욕하는 곳으로 침투하여 하늘나라 여성을 성적으로 겁탈하는 것을 암시하거나 본능적 욕구 충족을 상징한다고 하는데, 나무꾼을 무슨 색마(色魔)로 취급하여 성의 노예로 보는 것 같아 씁쓸합니다. 인간, 특히 (젊은) 남성의 무의식 가운데 짝짓기에 관한 집착이 없는 것은 아니지만, 이 또한 현실의 초자아에 의하여 일정하게 조절되기 때문에 이드의 화신으로 보는 것은 무리가 있습니다. 그래서 정신분석학을 창시한 프로이트 자신도 그 이드를 성적 욕구나 공격 본능 등 무엇으로 규정할지 몰라 오락가락하지 않았던가요?

더구나 선녀가 기만을 통한 강압적 혼인에 대한 탈출의 일환으로 승천하자, 나무꾼이 승천하는 동기가 단지 그 강압적 행동을 이어가기 위해 '네까짓 게 도망가 보았자 어디까지 가겠느냐' 하며 하늘까지 지옥 끝까지라도 찾아간다는 식이라면 더욱 문제가 많습니다. 이후 전개되는 내용에서 이런 모습을 찾기 힘들기 때문입니다.

그런데 나무꾼이 두레박을 타고 올라가는 일차적 이유는 아내와 자식을 다시 만나는 것이겠지만, 거기에는 나름대로 의미를 부여할 필요가 있습니다. 여기서 대개 우리는 나무꾼의 노력을 간과합니다. '올라간다', 곧 상승은 노력이나 의지를 통하여 향상되는 지위를 반영한 말입니다. 그가 가족을 찾기 위해 사슴을 찾는 것도, 또 달밤을 기다려 위험을 무릅쓰고 모험을 발휘하여 두레박에 올라타는 것도 나름대로 가상한 노력이라 인정해야 합니다. 위험을 감수한 모험이라고 표현한 것은, 그러다가 높은 허공에서 떨어질 수도 있고, 하늘에서 어떤 봉변이 기다리고 있을지 모르기 때문입니다.

그러나 나무꾼은 이마저도 기만으로 해결합니다. 곧, 하늘에 오르는 가상한 노력(?)을 인정한다고 하더라도, 하늘나라의 입장에서 볼 때는 속임수를 통하여 무임승차한 일입니다. 그러나 이 또한 나무꾼의 입장에서는 선택의 여지가 없었습니다. 앞의 날개옷을 훔친 것도 혼인하기 위해 자신의 신분으로서는 어쩔 수 없는 선택이겠지만, 이 경우도 가족을 만나기 위해서는 기만의 길밖에는 다른 방도가 없었습니다. 하늘과 땅의 간격이 워낙 커서 정상적인 방법으로는 갈 수 없었기 때문입니다. 이 점은 현실 속에서 선녀의 처지나 친정과 나무꾼의 신분이나 가문 사이의 격차가 너무 크다는 것을 상징합니다. 기만을 통하지 않고는 처가에 발도 붙일 수 없는 그런 신분의 격차를 말합니다.

여기서 우리는 흔히 한 번 기만하면 계속해서 기만할 수밖에 없음을 경험을 통해 잘 알고 있는데, 이 경우도 거기에 해당됩니다. 다른 각도로 말한다면, 기만은 기만을 낳을 수밖에 없다는 것을 말하려는 것이 아닐까요? 물론 어쩔 수 없는 기만일지라도 말입니다.

▷정선의 「금강전도」(부분, 호암미술관). 나무꾼이 두레박을 타고 내려다본 금강산의 모습이 이럴 것이라고 상상해보았다. 이동주의 앞의 책, 192쪽.

그런데 우리가 알 수 있는 것은 서로 다른 위치에 있는 사람이 같이 살려면, 강압이든 기만이든 노력을 통하여 수직 이동을 해야 한다는 점입니다. 처음에 선녀가 그랬고 이번에는 나무꾼이 그렇게 했습니다. 따라서 처음엔 선녀의 신분이 신적인 고귀한 존재에서 인간적인 존재로 하강한 것은 기만과 일종의 강압이라 할 수 있고, 그 상징이 날개옷의 상실입니다. 반면에 나무꾼이 천상에 올라가야 하는 것은 거기에 걸맞은 신적인 징표나 능력이 있어야 합니다. 그런 것 없이 하늘에 올라간 나무꾼이 어떤 봉변을 당할지 상상하는 것은 그리 어렵지 않습니다. 그 해결 방법 또한 기만이었습니다.

현대의 가난한 집 청년이

부잣집 딸과 혼인하려면 그에 걸맞는 징표가 있어야 합니다. 대단한 능력이 있거나 미래에 대한 가능성이 있어야 합니다. 그렇지 않다면 그 가정의 구성원이 절대로 될 수 없습니다. 아마도 모진 시련과 냉대가 이어질 것이고, 그것을 견디지 못해 포기하는 남성들이 많을 것입니다. 그게 싫으면 오르지 못할 나무는 쳐다보지 않으면 됩니다.

하늘나라의 숨바꼭질

나무꾼은 사슴의 도움으로 드디어 꿈에 그리던 하늘나라에 올라갑니다. 아내와 자식들이 반갑게 맞아주었지만, 그 기쁨도 잠시, 비천한 지상의 인간이 하늘나라에서는 살 수 없으니 옥황상제는 자신이 낸 시험에 합격해야 같이 지낼 수 있다고 합니다. 천한 것이 언감생심 넘볼 것을 넘봐야지 하면서 말입니다. 하늘나라 왕족의 일원이 되기 위해서는 거기에 걸맞는 능력을 보여주어야 합니다.

이것이 어찌 하늘의 일이겠습니까? 인간 세상에서 벌어지는 일이 아닌가요? 온달이 한때 바보였지만, 평강공주의 도움으로 비범한 인물이 되어 무술 대회를 통해 왕가의 일원이 되었습니다. 그러나 그러한 자격을 입증하기 위하여 전쟁에서 전공을 세워야 했고, 결국 아차산성에서 전사하지 않았습니까? 또 무왕은 산마를 캐는 비천한 사람이었지만, 기만(일종의 여론 조작)을 통하여 선화공주와 혼인했습니다. 그러나 많은 금을 캐서 장인인 진평왕에게 보내어 그의 능력

▷SBS에 방영되었던 사극 「서동요」의 한 장면. 『마이데일리』 사진.

을 보이고 결국 백제의 왕이 되었습니다. 이렇듯 신분이 낮은 사람이 높은 사람과 혼인하려면 예나 지금이나 그 만한 자격이 있어야 합니다. 필자의 먼 친척 형도 서울대를 다닐 때 어느 기업가 집에서 가정교사를 하다가 그 집안의 딸과 혼인한 적이 있습니다. 그 집안이 가진 것 없는 청년에게 무엇 때문에 혼인을 시켰을까요? 다 장래를 내다보고 그런 것이 아닌가요? 그 형은 나중에 대학 교수가 되었습니다.

그래서 나무꾼에게 옥황상제가 시험을 냈는데, 그게 일종의 숨바꼭질입니다. 숨바꼭질은 누가 잘 찾고 잘 숨느냐에 따라 승부가 결정됩니다. 이는 논리적으로 은폐와 적발의 배중률(排中律)에 해당됩니다. 이기든지 지든지 승부는 그것뿐입니다. 비기는 것은 없습니다. 다시 말해 이것은 나무꾼을 냉엄하게 평가한다는 뜻입니다.

여기서 나무꾼이 신통력이 뛰어난 옥황상제와 겨룬다는 것은 전혀 공평하지 않습니다. 어차피 진 게임입니다. 그래서 나무꾼은 낙담하고 포기했습니다. 나무꾼다운 태도입니다. 아니 대부분 사람들의 태도이지요. 자기의 분수에 어울리지 않는 일에 좀처럼 발을 들여놓지 않으려는 것이 보통 사람들의 심리가 아닌가요? 싸움을 해도 상대를 보고 하는 것이 아닙니까?

그런데 다행스럽게 선녀가 도와주어서 시험에 통과합니다. 선녀의 능력이 발휘되는 장면입니다. 남편이 하늘나라에서 살 자격이 있는지에 대한 문제지만, 아내가 앞장서서 도와준 것입니다. 위험을 무릅쓰고 모험이 요구되는 시험에서 선녀의 적극성이 발휘되는 대목입니다. 그러나 이마저도 옥황상제와 그 가족들을 기만했기 때문에 가능했습니다. 이 기만은 나무꾼이 앞에서 세 번이나 사용한 것이고, 결국 그 기만의 연장선에서 선녀도 사용한 것입니다. 천상에서 나무꾼의 존재를 인정받기 위해서는 어쩔 수 없었으니까 말입니다. 기막힌 기만의 연속이 아닙니까? 기만이 기만을 낳음을 또한 번 확인하는 부분입니다.

이토록 기만을 사용하면서 선녀는 왜 그를 도와주었을까요? 그래도 지상에서 살았을 때 부부의 정이 남아 있어서 그랬을까요? 아니면 아이들 아버지라서 아이들의 처지가 불쌍해서 그랬을까요? 적어도 우리가 여기서 알 수 있는 것은 지상에서 나무꾼의 기만적 혼인에 대한 증오는 엿볼 수 없다는 점입니다. 달리 말하면, 선녀가 앞서 나무꾼을 떠난 이유가 단순히 나무꾼의 기만에 대한 증오나 저항이 아니라는 점을 확인할 수 있습니다.

다른 변이를 보면, 앞의 이야기에 나오는 시험 외에 더 많은 시험이 있는데, 쥐와 같은 동물들이 도와줍니다. 그 동물들은 나무꾼이 지상에서 살 때 그에게 은혜를 입은 짐승들입니다. 이 또한 나무꾼의 성품이 나름대로 어질다는 점을 확인할 수 있으나, 시험의 통과가 그의 능력이 아니라 은혜 갚은 일에 의한 것임을 말해줍니다. 이렇게 볼 때 나무꾼의 성격은 모질고 간교한 사람은 아니고, 선녀에게 크게 미움을 받을 만한 사람은 아닙니다. 선녀가 나무꾼에 대해 기만과 무능함에 대한 원망은 있었을지라도 증오의 감정은 없었다는 점 말입니다. 고로 하늘나라에서 그래도 남편인 나무꾼이 딱한 처지에 놓였을 때, 게다가 아이들 아버지가 아이들로부터 떨어져나가는 것을 두고 볼 수만은 없었겠지요. 이 장면에서 열렬한 사랑이 보이지 않아도 부부 사이의 은근한 정이 묻어나오지 않습니까? 어쩔 수 없이 운명을 같이하는 가족의 모습입니다. 게다가 나무꾼이 하늘나라에서 땅이 보고 싶어 내려가려고 할 때도 선녀는 적극 만류합니다. 이것도 무엇을 의미할까요? 분명 부부 사이가 그렇게 나쁘지만은 않았던 모양입니다.

또 한 가지 확인할 수 있는 것은, 장인이 되는 옥황상제만이 아니라 선녀의 두 언니도 나무꾼이 가족이 되는 것은 원치 않는다는 점입니다. 그래서 방해 공작을 펼니다. 어떤 유형에서는 황후도 숨바꼭질에 참여합니다. 선녀의 모든 가족들이 나무꾼이 하늘에서 사는 것을 바라지 않는다는 뜻입니다. 혼인은 격이나 신분에 맞는 사람끼리 해야 하는 것이고, 그렇지 못할 때는 모든 가족들이 반대하는 지상의 모습과 똑같습니다. 신분의 차이가 나는 혼인에 필연적으로 일어나는 현상입니다.

  어쨌든 나무꾼은 결과적으로 아내의 도움으로 하늘나라에서 살게 되었습니다. 선녀가 문제의 답을 가르쳐주기도 하고 직접 나서서 돕기도 했기 때문입니다. 그야말로 나무꾼은 무임승차입니다. 남편이 앞장서고 아내가 뒤따르는 전통적인 부창부수가 아니라, 반대로 아내가 부르면 남편이 따라가는 현대판 잘난 아내를 둔 경우의 부창부수(婦唱夫隨)입니다. 대개 이런 경우는 부잣집 딸이 가난한 집 총각을 너무 사랑한 나머지 가족을 속이고 자신의 능력으로 신랑감의 능력을 위장시켜주는 전형인데, 선녀의 이런 행동은 그녀가 나무꾼을 전혀 사랑하지 않았다는 몇몇 연구자의 주장을 의심케 합니다. 그래서 필자는 앞에서 선녀가 내심 나무꾼을 자신의 짝으로 바라고 있었다는 내숭이 전제된다고 본 것입니다. 지상의 남성이 그리웠고 그래서 하강했다는 해석 말입니다.

  그런데 앞에서 단군신화와 주몽의 건국신화 또 예수 탄생 설화에서의 성령과 마리아의 관계에서 보이는 것처럼 하늘의 남성이 지상의 여성과 혼인할 때는 별다른 문제를 보이지 않습니다. 그것은 오늘날 부잣집 청년이 가난한 집 처녀를 아내로 맞아들일 때는 그다지 가족의 심한 반대를 겪지

▷보티첼리의 「수태고지」(부분). 단군신화처럼 하늘인 남성과 땅인 여성의 만남이라는 구도를 잘 보여주는 성서 속의 사건.

않는 점과 동일한 구조를 갖습니다. 가난해도 청년이 사랑하는 여자라서, 아니면 성격이 착하고 미모가 탁월해서, 어느 것 하나라도 마음에 드는 핑계거리가 있으면 혼인을 허용합니다. 우스갯소리로 부잣집 아들이 좋아하는 돈 없고 예쁜 여자의 경우는 자기가 벌면 된다 하고, 집안 변변찮고 예쁜 여자에 대해서는 자기는 언제나 사람만 본다고 말합니다. 바로 이 점이 가난한 총각과 부자인 처녀의 혼인과 다른 점인데, 후자의 경우 총각의 미모나 성격 외에 탁월한 능력이 요구되는 것이며, 그 능력이 기만에 의한 것이라면 행복한 혼인 생활로 이어지기는 쉽지 않습니다. 이것이 전통입니다.

이것은 부잣집 총각과 가난한 처녀는 혼인이 가능해도, 가난한 총각과 부잣집 처녀와의 혼인은 어렵고, 혹 기만 등에 의해 성사되더라도 심한 냉대와 시련이 도사리고 있음을 말해줍니다. 그래서 오죽하면 '보리쌀 서 말이면 처갓집 신세 안 진다'는 말이 생겼을까요? 얼마 전 인기리에 방영되는 모 방송사의 연속극 중에, 평범한 가정의 총각이 부잣집 딸과 혼인하기 위해 전에 사귀던 애인에게 배신을 '때리고', 혼인한 이후에도 애인을 못 잊어하는 행동을 하다가 자기 아내에게 발각되어 쩔쩔매는 모습을 보고, 시청자들은 그 남자 주인공을 못마땅하게 여겼습니다. 그 이유는 출세를 위해 사랑하는 애인을 배신한 까닭도 있겠지만, 그 부잣집 출신 아내에게 쩔쩔 매면서 꼼짝 못하는 남자의 행동 때문이기도 합니다.

도대체 이런 현상을 어떻게 설명해야 할까요? 앞에서 잠깐 설명한 전통적인 음양론을 다시 상기할 필요가 있겠습니다. 남성은 양으로서 강건하고 적극적인 속성을 지녔기에, 꼼수를 부리거나 속임수를 써도 안 되고 언제나 당당하고 떳떳해야 한다는 전통적 관념 때문입니다. 심지어 남자는 특별한 경우를 빼고는 눈물도 보여서는 안 된다는 점(필자는 어릴 때 맞으면서 우는 아이를 보고 그런 꾸지람을 하는 어른을 본 적이 있다), 더 심한 것은 남자는 부엌 근처에 얼씬거려서도 안 되고, (음기에 양기가 눌리니까) 여자들 속에서 살아도 안 된다는 생각과도 연관됩니다. 사실 '남녀칠세부동석'이라는 말은 원래 『예기』에 나오는 말로서 남녀 간의 접촉을 원천적으로 봉쇄하는 의도이지만, 이러한 각도에서 음미해볼 필요도 있는 말입니다.

그러니까 남자가 오죽 못났으면 처가 신세를 지느냐는 것입니다. 좋게 말하면 남자의 패기와 호방함과 자존심을 권장하는 것이겠고, 나쁘게 말하면 여성은 자기 친정의 배경을 믿고 남편을 함부로 대하거나 목소리를 높여서도 안 된다는 전통이라고 할 수 있겠습니다. 그러니까 천상에서의 이러한 나무꾼의 시련을 농축시켜보면 이 같은 관념이 추출됩니다. 그래서 나무꾼은 천성이 우유부단하고 남성다운 굳센 모습이 없는지라, 이 민담의 전승자들이 강제로라도 이러한 곳으로부터 그를 지상으로 탈출시켰는지 모르겠습니다. 이야기의 결말을 두고 보자면 그렇습니다. 여하튼 당당한 실력이 아니라 기만으로 시험에 합격했으므로, 그 스스로 하늘나라에서 옥황상제의 가족으로서 살아갈 능력을 입증하지 못한 것입니다. 자격이 없는 자는 저절로 탈락하고 만다는 교훈이 아닐까요?

하늘나라에서 땅으로 떨어진 나무꾼

이야기대로라면 나무꾼은 하늘나라에서 잘살다가, 불현듯 지상의 늙으신 어머니가 어떻게 사는지 걱정이 되어 지상에 내려가고 싶어합니다. 다른 유형에는 노모가 나오지 않고,

친척이 보고 싶거나 고향 생각이 나서 그랬다고 합니다. 여하간 앞의 얘기들을 종합해보면, 두고 온 지상의 것이 보고 싶었다는 말이 됩니다. 그렇다고 해서 천상의 삶이 싫은 것 같지는 않습니다. 왜냐하면 타고 간 말에서 스스로 땅에 내린 것이 아니기 때문입니다.

만약 그가 하늘나라의 시험에 당당히 합격하여 그의 실력을 입증해보였다면, 지상의 노모를 모시고 올 수도 있었을 것입니다. 인간 세상에서 비천한 사람이 성공하여 자신의 부모를 대궐 같은 집으로 모시는 것은 흔히 볼 수 있는 일이 아닙니까? 하늘나라에서 더부살이 하는 나무꾼에겐 그럴 능력도 의지도 없었습니다. 쉽게 말해 장가 한 번 잘 갔지만, 능력 없이 처가의 눈치를 봐야 하는 입장에서는 자기 본가를 돌보기가, 더구나 본가의 가족을 처가로 데려와 같이 산다는 것은 상상도 할 수 없는 일입니다. 그래서 이 이야기에서는 지상의 사람이 하늘나라에서 같이 살 수 없다는 논리로 표현되고 있습니다.

그렇다면 나무꾼은 왜 지상의 것을 그리워했을까요? 이야기에서는 그 이유를 직접 말하지 않았습니다. 독자인 우리로서는 행간에서 그 의미를 읽어내야 합니다. 문학이란 삶의 표현이므로 우리의 삶을 통해 경험이 풍부한 사람들은 그것을 충분히 이해할 수 있고 또 찾아낼 수도 있습니다. 경험이 적은 사람들이나 어린 학생들은 쉽게 찾기 어려울 듯합니다. 그러니까 이런 의미에서 경험이 적거나 어린 사람들은 경험이 풍부한 사람들을 존중해야 합니다.

이해의 열쇠는 간단합니다. 인간사의 경험에서 볼 때 능력이 없는 남자가 처가에서 얹혀살 때 당할 수 있는 일들을 생각해보면 쉽게 이해할 수 있습니다. 우선 처가 식구들과 나무꾼은 신분상 어울리지 않습니다.

여기서 신분의 격차로 생길 수 있는 문제는 무척 많습니다. 우선 신분의 차이가 크다는 것은 그만큼 두 가문 사이의 경험과 가치관의 차이가 크다는 말이 됩니다. 가치관과 경험의 차이는 갈등을 유발하는 요인이 될 수도 있고, 신분적 약자가 강자로부터 일방적인 냉대와 따돌림을 당할 수도 있습니다. 그로 인하여 따돌림을 당한 쪽은 외톨이가 되어 눈치보기에 급급할 수밖에 없습니다. 기가 죽어서 큰소리 한 번칠 수도 없고 남자로서 그 흔한 허세조차도 부릴 수 없습니다. 물론 부잣집에 시집온 가난한 여성의 경우도 마찬가지이지만, 그것을 당연한 것으로 여기는 풍토와는 전혀 다른 일입니다. 그냥 쥐죽은 듯 살든지 처가 풍습이나 논리에 묵묵히 따를 수밖에 없고, 자신의 주장이나 생각을 드러낼 수도 없습니다. 몸은 편할지 몰라도 마음은 결코 그렇지 못할 것입니다. 아무리 아리따운 아내와 자식이 옆에 같이 살아도 말입니다. 사람이란 다른 조건이 아무리 풍족해도 정신적 자유가 없이는 살 수 없는 존재가 아니던가요?

그렇습니다. 나무꾼은 적어도 겉으로는 천상의 생활에 만족하고 행복하게 여겼을 것입니다. 아리따운 아내와 사랑스런 자식들, 그리고 안락한 생활이 그것을 보장했기 때문입니다. 그런데 나무꾼에게 지상의 것이 보고 싶어졌다는 것은,

역으로 볼 때 내심 그러한 삶이 진정으로 행복하지 않았음을 반증합니다.

어떤 사람들은 말합니다. 행복은 밖에 있지 않고 자기 마음속에 있다고 말입니다. 속된 말로 마음먹기에 달렸다는 말이지요. 그래서 우리는 여기서 나무꾼의 지난 행적을 되돌아볼 필요가 있습니다. 선녀를 만나기 위해, 하늘에 오르기 위해, 천상에서의 시험에 통과하기 위해 사용한 전략은 동물(들)에게 보여준 약간의 동정심과 자주 사용하는 속임수, 곧 기만입니다. 기만으로 얼룩진 천상의 삶이 과연 행복했을까요? 자신은 아무 능력도 없으면서 그저 운이 좋아 예쁜 부인을 만나 하늘나라에서 잘 먹고 잘살면서 적당히 남을 속이면서 누리는 삶이 과연 행복하다고 여겼을까요? 더군다나 처가의 눈치를 밥 먹 듯 보아야 한다면 말입니다.

만약 행복하지 못한 삶이 기만과 관련이 있다면 그에게는 그래도 일말의 양심은 있습니다. 그래도 남을 속여도 자신을 속이지는 않았으니까요. '자신을 속이지 않는 것'은 유학(儒學)이라는 학문에서 우리 선조들이 매우 중요하게 여긴 수양 방법 가운데 하나입니다. 『대학』이나 『논어』의 주석을 보면, 소인은 거리낌 없이 스스로 자기 자신을 잘 속인다고 합니다. 반면 군자는 스스로 속이지 않으니, 나무꾼 또한 군자라고 말할 수는 없지만 그래도 작은 양심은 가지고 있다고 판단됩니다.

비록 일시적으로 남을 속였을지라도 자기를 속이지 않은 사람은 언젠가 반성하고 바른 사람으로 되돌아올 수 있습니다. 그러나 자기 자신마저 잘 속이는 사람은 가망이 없습니다. 나라의 장래나 백성의 피폐한 삶보다 가문과 문벌(門閥)과 당색(黨色)의 이익을 위하면서도, 겉으로는 민본 정치와 정학(正學)을 한다는 조선말 노론 사대부들이나, 오늘날 온갖 부동산 투기와 병역 비리, 국가관이 의심되는 자녀 국적 문제 등으로 비리의 종합 선물 세트가 된 장본인들이 낯 뜨거운 줄 모르고 자본주의 국가에서 있을 수 있는 일이라 항변하면서 국가 요직에 등용되려고 애쓰는 인사들에 비하면, 그래도 나무꾼은 양심이 있고 스스로를 속이지 않습니다. 자신의 속뜻은 다르면서 권력자에 빌붙어 아첨하며 벼슬자리나 얻어보고자 하는 소인배와는 다릅니다.

그래서 지상의 것이 그리운 것입니다. 그 그리운 것이 노모나 고향이라 했으니 남을 속이지 않았던 자신의 본래 모습이 그리웠던 것입니다. 기만으로 이룩한 삶이기 때문에 자신의 참모습을 보고 싶었던 것은 아닐지 모르겠습니다.

우리는 여기서 또 '모로 가도 서울만 가면 된다'는 속담이나, '결과만 좋으면 모든 게 다 좋다'는 할리우드 식 가치관에 동의할 수 없다는 전승자들의 한결같은 마음을 읽어낼 수 있습니다. 자신의 신분 상승이나 이익을 위한 위선과 기만적 태도가 결코 삶을 행복하게 만들지 않는다는 점은 말할 것도 없고, 더 나아가 목적이 좋다면 수단이 문제될 것이 없다는 지나친 실용주의▼적 태도도 온당치 않다는 관점을

▼ 원래 실용주의는 인간에게 유용한 것만 진리라고 여기는 미국 학자들에 의하여 연구된 철학적 입장으로, '프래그머티즘(pragmatism)'이라 부릅니다.

보여주고 있습니다.

그런데 여기서 나무꾼은 어정쩡한 태도를 취합니다. 지상에 내려가 노모(이 이야기의 다른 유형에서는 친척이나 고향 사람들)를 한 번 보기만 하고 돌아오겠다고 합니다. 그 말은 결코 하늘나라의 삶을 포기하지 않겠다는 뜻이기도 하며, 비록 속임수를 썼지만 그래도 그 결과로 주어진 달콤하고 안락한 생활과, 가난하지만 정직한 삶을 바꿀 수 없다는 뜻이기도 합니다.

나무꾼에게 하늘나라의 삶이란 보통 사람들이 상상하듯 절대적 선(善)에 입각한 정의와 자유와 평화가 넘치는 이상적 삶은 결코 아닙니다. 이른바 당대의 지배층만의 삶입니다. 욕망과 기만이 결합된 그들만의 이기적 삶일 뿐입니다. 사실 많은 보통 사람들에게 이상적 삶이란 인간의 세속적 삶과 연관되어 있기에, 욕망과 기만이 배제된 순수한 이상적 삶은 찾아보기 힘듭니다. 더구나 세속에 몸담고 있는 대다수 종교인들이 생각하는 내세나 피안도 이렇게 현세적 욕망이 투영된 것으로 보면 거의 맞을 것입니다. 종교가 현실적 욕망과 신학적 가치관을 뒤섞거나 때로는 절묘하게 조화시켜, 현실에서 잘살면서 동시에 개인의 영혼(자아)이 죽지 않고 영속되기를 바라는 사람들에게 손짓하는 측면이 분명히 있습니다. 비록 이것이 바로 종교의 본질은 아니라 하더라도 말입니다.

따라서 기만으로 얼룩진 나무꾼의 삶을 천상에서 살도록 허용하지 않고 낙마(落馬)시키는 것이 민중, 곧 전승자들의

▷경주 천마총에서 출토된 천마도

뜻입니다. 어쩌면 이것이 오늘날 국가 기관의 중요 자리에 앉히려는 인사들을 국회 청문회나 언론을 통한 사전 검증으로 낙마시키는 것과 그 본질은 하나도 바뀌지 않았기에, 나는 여기서 두려움을 느낍니다. 인간의 공통적 심성은 바뀌지 않는다는 점에서, 그러한 전통이 면면히 이어지고 있다는 점에서 말입니다. 부당한 정책이나 권력에 맞서 항의하는 민중들을 아무리 억압해도, 그들의 눈과 귀를 막고 장기 집권을 위해 언론을 통제하고, 온갖 악법을 만들어 탄압해도 민중의 뜻을 막을 수는 없었습니다. 그것을 우리 현대사가 가르쳐주고 있습니다. 만약 이후 어떤 정권도 과거의 그런 향수에 젖어 민중을 무시하는 일을 한다면, 이 교훈을 먼저 상기해야 할 것입니다. 손바닥으로 제 눈을 가리면서 하늘을 가릴 수 있다고 믿는 것처럼 어리석은 일이기 때문입니다.

혹자들은 이렇게 풀이합니다. 어머니의 치마폭을 떠나지

못하는 나무꾼이 결국 한 남성으로 성숙하지 못함으로 말미암아 지상으로 돌아오거나, 아들로서 결핍을 해소하기 위한 장치라는 점 등이 그것입니다. 좋게 말하면 늙으신 어머니가 지상에 있기 때문에 걱정이 된다는 효도와 관련된 행동이고, 좀 가혹하게 말한다면 나무꾼은 아내나 자식보다 어머니가 더 보고 싶고, 어머니의 정이 더 그리워서 지상으로 내려왔다는 해석입니다. 이를 좀더 확대 해석해보면, 유교적 효도의 가치관이 부부의 정이나 자식에 대한 사랑보다 크다고 생각해볼 수 있는 여지가 있습니다.

그러나 이 이야기는 홀로 계신 어머니와 전혀 상관이 없는 경우가 더 많습니다. 이 이야기의 다른 유형이나 변이에서는 노모가 등장하지 않는 경우가 더 많기 때문입니다. 따라서 앞의 이러한 해석은 텍스트를 지나치게 좁게 선정한 한계이고, 노모가 등장하지 않는 이야기를 어떻게 이해해야 하는지의 난감한 문제에 빠집니다.

나무꾼이 천마에서 낙마하는 것은 평면적으로 볼 때 지상에 발을 디뎌서는 안 된다는 선녀의 금기를 어긴 것이지만, 그 원인은 팥죽 때문입니다. 여기서 팥죽은 민속학적으로 중요한 의미를 지닙니다. 팥이 붉은색을 띠므로 팥죽도 붉은색입니다. 붉은색은 양을 뜻하고 계절적으로 여름을 나타내며 방위는 남쪽입니다. 우리가 동짓날에 팥죽을 먹는 이유는, 동짓날은 음이 가장 왕성한 날인 동시에 양이 시작되는 날이기도 하여 팥죽을 먹음으로써 양의 기운을 북돋우기 위함이라고 합니다. 또 붉은색은 전통적으로 악귀를 쫓아낸다고 여겼기 때문입니다. 그래서 쌀가루로 새알처럼 뭉쳐 팥물에 넣고 그것을 끓인 뒤 새 나이만큼 새알을 먹고 팥죽을 집 안 팎에 뿌리기도 했지요. 물론 필자가 어렸을 때 직접 경험한 것이기도 합니다.

따라서 팥죽은 양의 성질을 지녔으므로, 곧 남자인 나무꾼이 먹고 하늘나라에 가서 처가의 음 기운에 눌려 기죽지 말고 살라는 뜻이 담겨 있다고 보면 되겠습니다. 곧, 나무꾼이 처가의 기세에 눌려 양기가 부족하기 때문에 그것을 보충하기 위해 팥죽을 먹여야겠다는 일부 전승자의 생각이 여기에 반영된 것입니다. 그래서 남성성을 보충시켜 하늘나라에 가서 음기에 눌리지 말고 당당하게 살라는 배려인지도 모르겠습니다. 그러니까 남성 중심의 사회에서 남자가 억눌리거나 억압되는 꼴을 차마 볼 수 없다는 관념이 바로 나무꾼이 천마에서 떨어지는 사건에 반영되어 있다고 보는 것이지요.

필자가 일부 전승자의 생각이라고 말한 것은 팥죽 외에 호박죽, 박(속)국, 밥국, 박지짐이 등으로 표현되기 때문입니다. 그 밖에 박국도 그 소리가 '뻐꾹'과 유사하니까 나무꾼이 죽어서 뻐꾸기가 되었다는 이야기로 결말을 맺는데, 이 또한 전승자들의 관심이 그 쪽에 있었기 때문일 것입니다. 뭐가 되었던 이야기의 기본적 구조에는 변함이 없습니다.

그보다도 선녀의 금기 설정은 진실에 발을 들여놓으면 기만적 삶이 송두리째 무너지게 된다는 것을 우려했기 때문이 아닐까요? 지상이란 나무꾼의 현주소요 진실의 보루이기에 진실과 거짓은 공존할 수 없기 때문이기도 합니다. 여기서

▷SBS에서 방영한 드라마 「아내의 유혹」에서는 잘사는 집의 오만함이 물씬 묻어나온다. 『아시아경제신문』(2008년 1월 8일자).

선녀는 참된 세계와 거짓 세계가 타협하는 이중적 역할을 합니다. 자신도 거짓 세계의 희생자면서 동시에 거짓 세계에 발을 디디고 있기 때문입니다. 세속적 행복이란 이렇듯 거짓 세계에 어느 정도 타협한 결과인지도 모릅니다. 그처럼 육체만 안락하고 편안한 삶이 진정한 행복이라고 할 수는 없지만, 보통 사람들은 그것을 이상으로 삼기 때문에 적절한 기만이나 속임수 또는 불법이나 편법을 크게 문제 삼지 않습니다. 이 점은 오늘날 우리 사회의 도덕성이나 신뢰가 무너진 하나의 원인이 되기도 합니다.

그리고 사회학적으로 볼 때 나무꾼의 하강은 두 가문의 갈등을 상징한다고 볼 수 있습니다. 아들이 전적으로 가족을 책임져야 하는 조선 후기 아니 최근까지의 관습에서 볼 때, 처가살이하면서 가족(노모)이나 친척 또는 고향(선산)을 돌보지 않고 눌러 있는 것, 특히 그가 잘살면서 하는 행동은 충분히 갈등의 요소가 될 만합니다. 이렇듯 남자가 처가에 머물면서 본가를 돌보지 않는 것은 당시 사람들이나 지금의 시각에서 볼 때도 꼴불견이고 몰상식한 행동입니다.

반면에 선녀가 말에서 내리지 말라고 한 것도 이런 상황에서 보면, 남자 쪽의 일에 대해 적극적으로 개입하지 말라는 뜻으로 해석이 가능합니다. 상황 파악을 하되 개입하지 말라는 뜻입니다. 하찮은 신분과 엮이기 싫다는 상류층의 오만함이 돋보이는 점이기도 합니다. 만약 그것을 어기면 모든 게 끝장이라는 경고의 메시지가 아닐까요? 이런 상황은 그 흔한 텔레비전 드라마에서 얼마든지 확인할 수 있습니다. 갑부의 사위가 된 가난한 집 청년, 또는 반대로 부잣집 며느리가 된 가난한 집의 딸, 그러다가 가난한 집 친정이나 본가 때문에 이혼당하는 경우, 이른바 시청자들이 등장인물들이나 작가를 욕하면서도 보게 되는 드라마에서도 얼마든지 확인할 수 있지 않나요?

혹자들은 나무꾼의 지상으로의 회귀가 어머니 치마폭에서 헤어나지 못하는 마마보이의 퇴행으로 보지만, 결론적으로 앞에서 밝힌 것처럼 거짓된 삶에 대한 잠시 동안의 도피성 여행을 통해 다시 찾은 자신의 본모습에 대한 관심과 상황 파악쯤으로 생각해봅시다. 아니면 신분이 다른 두 가문의 갈등쯤으로 여깁시다. 기만으로 쟁취한 천상의 삶이지만 그것을 결코 포기하지는 않으려 하기 때문입니다. 비록 기만적 삶이지만 그것에 철저하지 못한, 자신의 의지를 집요하게 관철시키지 못한, 또 치밀하고 간교하게 주변을 이용하지 못한 좀 덜 나쁜 사람, 그래도 일말의 양심은 있으나 일반적인 남성들처럼 과단성이 결여된 우유부단한 그런 사람이었기에 지상에 다시 오고 싶었던 것입니다. 잠시나마. 그러나 그것이 한 많은 변주곡의 피날레가 될 줄 누가 알았겠습니까?

죽어서 수탉이 되다

결론적으로 나무꾼을 낙마시켜 지상에서 죽을 때까지 머무르게 한 것은 민담 전승자들의 뜻입니다. 그런고로 낙마 사건은 별 볼일 없는 인간이 기만으로 처가살이를 잘하는, 그러면서 억세게 운 좋은 남성을 꼴사납게 여기는 민중의 뜻입니다. 그래서 운도 좋고 속임수도 잘 쓰고 마누라 잘 만나 처가에서 호의호식하며 살아도, 끝내 뒤끝이 안 좋다는 것을 말하려는 것이 아닐까요?

다음으로, 죽어서 수탉이 되는 것에 대해서는, 수탉만 새벽에 운다는 실제 사실에 주목하고, 또 죽어서 나무꾼의 영혼이 새가 되었다고 보는 관점에서 생각해보겠습니다. 사람이 죽어 그 영혼이 새가 되었다는 내용은 여러 민담에 나옵니다. 가령 '우렁이 각시' 같은 것이 그것입니다. 그뿐 아니라 문학 작품이나 시(詩)에서도 그렇게 표현합니다. 가령 짝사랑하는 사람을 두고 죽어서 접동새(소쩍새)가 되었다는

▷필자 고향의 옛날 모습. 오른쪽 계단 밭 능선을 따라 조금 올라가면 뻐꾸기가 울었던 나무가 있습니다.

이야기 말입니다.

　필자가 어렸을 때 우리 마을에 사는 총각이 병으로 죽었습니다. 소문에 상사병이라고 들었는데 병명은 정확히 모르겠고, 지병이 있었을 것입니다. 공교롭게도 총각이 죽던 그 해 뻐꾸기가 그 총각의 무덤 근처 나무 위에서 밤새도록, 지금 기억으로는 한 달 가까이 울었습니다. 목이 쉬도록 말입니다. 원래 밤에 잘 우는 새는 소쩍새고 뻐꾸기는 밤에 울지 않는데, 이 경우는 달랐습니다. 동네 사람들은 모두 그 총각의 혼이 뻐꾸기로 환생했다고 믿었습니다. 내 기억으로 그때가 1968년 초여름이었습니다. 가뭄이 무척 심해서 평소 때 같으면 항상 물이 넘쳤던 논바닥이 거북이 등처럼 갈라지기

▷무용총 벽화 속의 닭(부분).

도 했습니다. 당시 동네 우물이 거의 말라 물이 조금씩 솟아
나왔고, 그래서 밤중에는 물이 고여 아낙네들이 가끔씩 물을
길러 왔지만, 그 뻐꾸기 소리, 사실은 그와 연관된 죽은 총각
의 소문 때문에 무서워서 밖에 나오지 못했습니다. 이 이야
기는 뻐꾸기의 울음과 총각의 죽음 사이에 필연적 관계가
있는 것은 아니지만, 당시 우리 마을 사람들은 이렇게 시간
적으로 일치하는 사실만 가지고 둘을 쉽게 관계 지은 사건
입니다. 그러자 그 총각의 집에서는 무당굿을 통해 죽은 총
각의 혼례를 치러주고 영혼을 위로하였습니다. 먼 마을의 죽
은 처녀의 영혼과 말입니다. 그 장면을 생생하게 보았지요.
마을의 큰잔치와 같았으니까요.
 나무꾼이 죽은 뒤 그 혼이 수탉이 되었다는 것은 이 같은 맥락으로 이해할 수 있습니다. 그러니까 나무꾼 생전의 원망이나 염원을 반영하여, 잃어버린 낙원에 복귀하고자 하는 한이 맺힌 나머지 죽어서 새가 되었다는 점입니다. 그런데 왜 수탉일까요? 새벽에 우는 것이 수탉이고 나무꾼도 남성이니까 수컷으로 환생한다는 생각은 당연지사로 이해되지만, 왜 하필 닭일까요? 뻐꾸기도 있고 두견새도 있지 않은가요? 물론 뻐꾸기로 환생했다는 이야기도 있습니다. 그러나 닭이 제일 많습니다. 그래서 닭 이야기를 하겠습니다.

우선 닭은 때를 압니다. 새벽에 우는 것이 바로 그 증거입니다. 그러나 암탉은 새벽에 울지 않습니다. 그래서 민간에서 닭에 대한 특별한 지위를 부여해 수호신의 역할도 했습니다. 닭은 그림에서 보는 것처럼 이미 고구려 고분 벽화에도 등장하지만, 『삼국유사』나 『삼국사기』에서 신라 시조의 설화와도 관련이 있습니다. 그러니까 아주 오랜 옛날부터 우리 생활과 밀접한 관계를 맺었던 것은 분명하고, 특히 수탉은 벼슬도 당당하고 깃털이 화려한 덕에 전설적인 수호신인 주작이나 봉황과 흡사해, 그것의 상징으로 보아 신령스럽게 여기기도 했습니다. 오늘날에도 우리나라 대통령을 상징하는 문양은 봉황입니다. 그런 깊은 뜻이 있지요.

닭이 때를 안다는 것은 다른 말로 천시(天時)나 천기(天機)를 안다는 뜻입니다. 나무꾼은 사슴이 일러주어서 천기, 곧 보름날 선녀가 목욕하러 내려온다거나 두레박을 이용해 물을 퍼올리는 일을 알았고, 그래서 천상에 올라가 하늘에서 살았습니다. 바로 이런 나무꾼의 상황과 닭이 때를 아는 것과 잘 어울립니다.

　다음으로 닭은 새이지만 마음대로 창공을 날지 못하는 특성과 연관됩니다. 닭은 새이기에 상징적으로 볼 때 하늘을 지향하지만, 다른 새처럼 자유롭게 날지 못합니다. 기껏해야 죽을힘을 다해 지붕 위로 날아 올라가는 것이 고작입니다. 이러한 특징은 바로 '닭 쫓던 개 지붕 쳐다본다'는 속담에도 등장하듯이, 수탉이 겨우 지붕 위로나 올라간다는 것은 천상에서의 삶을 추구하다가 실패한 나무꾼의 위상과 연결되기도 합니다. 사회적으로 볼 때 미천한 신분을 지닌 남성이 혼인을 통해 신분을 상승하려는 한계를 표현한 것이라 짐작됩니다.

　게다가 수탉은 많은 암컷을 거느립니다. 수탉은 다른 암컷들이 딴 맘먹지 못하게 거짓 짝짓기도 한다는데, 어쨌든 짝짓기 대상을 많이 소유한 수탉은 바로 나무꾼의 욕망과 관련되는 대목입니다. 나무꾼의 삶이 기만과 욕망이 적절히 배합된 것이기에 그렇습니다.

　끝으로, 이 욕망과 관련지어 닭의 울음에 대하 생각해봅시다. 결론부터 말하면 필자는 지붕 위에 올라가 '꼬끼오!' 하고 우는 것이야말로 인간적인 삶의 가장 비장한 장면을 상징적으로 노출한 것이라고 봅니다. 이 민담에서 닭의 울음이란 나무꾼의 비극적 운명에 대한 통곡, 욕망 실현의 상실에 따른 회한, 삶의 이상향을 위한 몸부림입니다. 현실에서의 많은 인간들의 삶이란 욕망과 관계가 있기에, 이를 보편화시키면 낙원을 상실한 인간의 모습이 아닐까요? 많은 평범한

▷서양인들이 수탉을 상징물로 지붕 위에 올린 것은 또 무슨 의도일까요.

사람들이 생각하는 이상적인 삶이란 욕망 실현과 관계가 있고, 천상의 삶이란 진정한 이상적 삶이 아니라 욕망의 이상적 삶이기 때문일 것입니다.

그러니까 인간은 하늘(낙원)을 지향하지만 결코 그러한

낙원에 들어갈 수 없습니다. 아니 그런 낙원은 애당초 없었고 앞으로도 없다는 메시지가 아닐까요? 성서의 에덴동산의 신화도 인간의 욕망으로는 결코 그런 낙원을 누릴 수 없다는 이야기일 겁니다. 인간의 물질적 욕망이 개입한 낙원, 그런 낙원은 없습니다. 그것을 깨달은 선구자가 공자, 부처, 예수가 아닌가요?

이런 시각에서 볼 때 인간의 욕망을 부채질하여 신도들을 끌어 모으는 세속의 종교는 모두 예수와 석가의 이단들입니다. 예수가 말했죠. 사람은 빵만으로 사는 것이 아니라 하느님의 말씀에 따라야 한다고 말입니다. 하느님의 말씀을 진리라고 말한다면, 빵도 중요하지만 빵만을 위해서가 아니라 진리대로 살아야 한다는 뜻이지요. 문제는 다수의 인간들이 진리를 모른다는 데 있습니다. 다수의 종교인들은 교리를 진리로 착각하면서 하느님(부처님)의 말씀대로 산다고 믿지요. 따라서 민중들이 꿈꾸는 낙원이란 인간의 욕망이 투영된 곳이고, 대신 인간적 욕망이 배제된 낙원은 열반(涅槃)의 세계나 천인합일(天人合一)˅의 세계며, 이런 종류의 세속적 극락이나 천국은 아닐 것입니다.

어찌되었건 다수 인간은 욕망하는 존재입니다. 그러나 그 욕망은 결코 다 채울 수 없습니다. 그래서 늘 갈망합니다. 뭐 이런 이야기가 아닐까요? 단지 못 올라갈 나무를 쳐다볼 뿐입니다. 거꾸로 말하면 그런 욕망을 채워줄 유토피아는 없다

˅ 인간이 수양을 통하여 이룩하는 동양 사상의 이상적이며 진정한 경지를 일컫습니다.

는 뜻입니다.

우리 문화 속의 남과 여 그리고 신분

이 이야기는 오늘날 문학 작품처럼 한 작가가 의도적으로 창작한 것이 아니기에, 이야기가 다양한 측면으로 변주됩니다. 따라서 하나의 명확한 주제를 찾아내는 것 자체가 무리일 것입니다. 많은 연구자들은 그런 유혹에 빠져 권선징악이니 혼인 이야기니 남녀의 사랑이니 하는 그럴 듯한 주제를 찾으려고 갖은 애를 썼지만, 모두 만족스런 답을 찾지 못했습니다. 출발부터 오해를 했기 때문입니다.

일반적으로 민담이 한 사람에 의하여 만들어진 것이 아니라 입에서 입으로 전해져온 것이기 때문에, 전승자의 관심과 문화적 배경에 따라 다양하게 전개될 수밖에 없습니다. 그래서 때로는 내용에 일관성이 없어보이기도 하고 비상식적인 것이 등장하기도 하지만, 이 또한 이해될 수 있는 것들이고 전승자들에게는 무리 없이 받아들여진 내용들입니다.

따라서 이러한 민담을 해석하기 이전에, 이 이야기를 전승시킨 사람들의 기본 생각이나 관습적인 행동과 배경이 되는 문화, 다시 말해 역사적 요인들이 모두 검토되어야 합니다. 특히 당시 사람들의 머릿속을 지배하는 사상을 파악하는 것이 중요한데, 이는 교화(敎化)˘의 방식으로 진행된 지배층

˘교육학에서는 일반적으로 교화(敎化)의 방식을 두고, 모범적인 행위를 따르게 하도록 가르치는 반면에 창의성이나 주체성을 말살할 우려가 있는 교육

의 이념이거나 당시 사람들이 믿었던 전통적 세계관과 맞닿아 있습니다.

그러므로 이러한 민중들의 생각을 지배하던 전통적 이념이나 가치관을 이해하지 못하면 주제 해석에 한 치도 접근할 수 없습니다. 이를 무시하거나 놓친 채 해석되는 주제란 전통과 상관없는, 서양 동화에서나 찾을 수 있는 흔해빠진 내용들일 뿐입니다. 그러니까 어떤 배경에서 이야기기 전개되었는지 그 맥락을 이해해야 이야기의 의미가 제대로 파악된다는 뜻입니다. 그렇기 때문에 새삼스럽게 강조할 필요는 없지만, 학교 현장에서 국사 교육을 제대로 시킨다거나 일반인들의 전통 문화에 대한 이해가 얼마나 중요한지 새삼 알수 있을 것입니다.

이 '나무꾼과 선녀' 이야기에서 주제를 추출해낼 수 있는 열쇳말은 하늘과 땅, 남성과 여성, 그리고 그것을 잇는 혼인, 그에 따른 양가의 신분 문제 등입니다. 그리고 욕망, 기만, 시험 등이 이러한 쌍방 관계를 결정짓는 변수들입니다.

사실 혼인 문제는 오늘날에도 여전히 신분을 결정짓는 돈이나 사회적 지위, 남녀에 대한 생각을 포함하고 있지만, 남녀에 대한 생각은 전통적으로 하늘과 땅의 문제와도 연관되어 있습니다. 하늘과 땅은 우리 전통에서 윤리 문제와 뗄 수 없는, 문화 저변에 깔려 있는 사상적 토대이기 때문입니다.

따라서 지금까지 몇 개의 단락으로 나누어 산발적으로 논의한 것들을 모아 정리해보겠습니다. 그런 과정에서 자연스

___
방식으로 봅니다. 나쁘게 말해 길들이는 교육 방식인 셈이지요.

럽게 주제가 파악될 것입니다.

우선 이 '나무꾼과 선녀' 이야기의 배경에 하늘이 등장한다고 해서 신성한 신들의 이야기인 것은 아닙니다. 물론 종교적 신앙이나 그 방법을 말하는 것도 아닙니다. 설령 이 민담의 소재를 신화에서 가져왔다 하더라도, 전승시킨 민중들의 생각에는 결코 신화적인 주제를 연상하지 못했을 것입니다. 그래서 이 이야기에 등장하는 하늘나라는 인간의 삶을 초월한 천상의 세계가 아니라 민중들이 마음속에서 부러워하는 또 다른 세속의 세상일 뿐입니다.

그러므로 여기서 말하는 하늘은 신성하고 땅은 속된 것이라는 생각은 말도 안 됩니다. 이 이야기가 단군신화나 주몽신화처럼 신성혼(神聖婚)과 관련되었다고 보는 것은 더욱 어처구니없는 소리입니다. 물론 이야기 가운데서 속된 지상의 인간이 천상에서 그냥 살 수 없다는 표현도 등장하지만, 기실 이런 것도 언제나 상류층이 자신들을 하층 민중과 구분하기 위한 말, 예컨대 '천한 것'이 '존귀한 것'과 어울릴 수 없다는 그야말로 타파해야 하는 '왕조 시대의 계급 의식'일 뿐입니다.

전통적으로 하늘이 상징하는 의미는 간단하지 않습니다. 하늘은 도덕이나 신앙의 근원, 만물의 출발, 자연, 신들의 처소 등 학파나 종교, 민속에 따라 다양하게 규정하기 때문입니다. 그러나 조선 후기 사회에서 사람들의 머릿속을 지배하는 하늘에 대한 생각은 크게 몇 가지로 나누어 생각해볼 수 있습니다. 우선 조선 사회의 통치 이념의 기초가 된 것으로

성리학에서 말하는 하늘 개념이 그 하나입니다. 이때 하늘이
란 도덕적이고 철학적인 이론의 근거가 되는 하늘입니다.

　다음은 민간 신앙의 하늘 개념으로 주로 민간에서 생각했
던 하늘입니다. 보통 하느님이나 옥황상제가 있다고 믿고 인
간의 생사화복을 주관한다고 여겼습니다. 물론 이 민간 신앙
속에는 도교와 불교의 요소가 섞여 있기도 합니다. 조선 후
기에 생긴 동학도 유교 · 불교 · 도교와 기독교의 영향에
서 시작되었지만, 역시 기본 입장은 하늘을 인간의 내면으로
끌고 왔습니다. 깊은 이론을 제쳐놓고 우선 '사람이 곧 하늘'
이라는 '인내천(人乃天)'에서 보면, 단적으로 그것을 표현하
고 있음을 알 수 있습니다. 또 일부 천주교인들이 있었다는
것을 염두에 두면 하늘에 대한 기독교적인 개념도 생각해볼
수 있습니다.

　끝으로 순수한 자연적 입장의 하늘도 생각해볼 수 있습니
다. 그러나 조선 후기 학자인 홍대용이나 최한기의 경우처럼
철학이나 과학의 입장이 아니면, 하늘을 순수한 자연의 입장
에서 보기는 매우 어려웠습니다.

　그런데 무엇보다도 조선 왕조의 통치 이념의 근간이 되는
성리학적 하늘 개념이 더 큰 영향을 미쳤을 것입니다. 왜냐
하면 그것이 지배층의 이념으로 확립되면서 점차 민중들에
게 교화를 통해 주입되었고, 그러한 사상의 기반 위에서 제
반 문물과 제도가 작동하였기 때문입니다. 특히 성리학적 예
법으로 사회적 질서를 유지하려고 했기 때문이기도 합니다.
그 예법 가운데 오늘날까지 비교적 강하게 남아 있는 것에

는 관혼상제가 있는데, 아직도 전통 혼례나 상례, 제사의 풍습에는 성리학적 생각이 짙게 남아 있습니다. 반면 그 다음으로 강하게 남아 있는 민간 신앙에 등장하는 하늘은, 이러한 통치 대상인 민중들의 염원이나 소원을 비는 신앙의 대상이 되었습니다.

이렇다면 이러한 성리학적 예법이나 교육 등 제반 제도를 통하여 주입되는 획일적인 생각은 다수 민중들이 결코 뛰어넘을 수 없는 생각의 한계가 됩니다. 물고기가 물을 떠나 살수 없듯이 인간도 사회를 떠나 아무것도 사유할 수 없기 때문입니다. 이렇게 세뇌된 생각들은 그 자체가 문화적 보수층을 형성합니다. 바로 '나무꾼과 선녀' 이야기에 반영된 남자와 여자에 대한 생각이 그렇습니다. 마치 1960년대 1970년대에 유년기나 청소년기를 살아온 사람들 가운데 다수가 자신의 신분이나 경제적 지위와 상관없이 일률적으로 반공 이념과 먹고사는 경제 문제에만 생각이 갇혀 있거나, 선거 때마다 등장하는 '색깔론'이 먹히는 것도 바로 이런 맥락 때문입니다. 이들의 사고는 민주화 이후 다양한 미디어와 인터넷에 익숙한 젊은이들의 생각과는 지향점이 분명히 다릅니다.

그런데 하늘에 대한 성리학 자체의 태도도 이중적입니다. 만물이 존재하는 관점에서 보면, 하늘과 땅은 서로 도움이 되는 관계로서 만물을 낳는 두 요소로 동일한 지위를 갖습니다. 그러나 만물이 생겨나는 순서로 보면 하늘이 먼저요 도적적인 관점으로 보아도 하늘이 우위를 점합니다. 그것을 잠깐 들여다보겠습니다.

우선 성리학이 출발하는 기본 텍스트 가운데 하나인 『주역』의 「계사전(繫辭傳)상」에 보면, 하늘과 땅이 서로 만나 만물이 이루어짐을 이렇게 말하고 있습니다.

하늘이 높고 땅이 낮으니 건(乾)과 곤(坤)이 정해진다. 높고 낮음이 베풀어지니 귀함과 천함이 자리잡는다. 움직임과 고요함에는 (음양이라는) 항상됨이 있으니 (양의) 강함과 (음의) 부드러움이 갈라진다. (선악의) 행방이 같은 동류로 모이고 사물이 무리로 나누어지니, 길(吉)함과 흉(凶)함이 생긴다. 하늘에서는 (일월성신과 같은) 상(象)이 이루어지고 땅에서는 (산천이나 동식물 같은) 형체를 이루니, (음이 양이 되는) 변(變)과 (양이 음으로 되는) 화(化)가 나타난다.

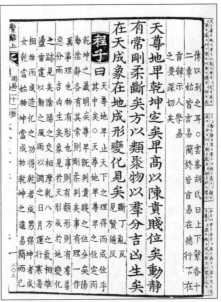

▷『주역』의 원문 내용(부분).

그러므로 (양효의) 강함과 (음효의) 부드러움이 서로 비비고 팔괘(八卦)가 서로 움직여 우뢰와 번개로 두드리고 바람과 비로써 적시며 해와 달이 운행하며 한 번은 춥고 한 번은 덥다. 건(乾)의 도가 남성적인 것을 이루고 곤(坤)의 도가 여성적인 것을 이루니, 건이 큰 시작을 주관하고 곤이 만물을 만들어 이룬다.

앞의 글은 원래 『주역』의 이치를 자연물로 설명한 것인데, 여기서 건(乾)은 모두 양으로만 된 괘요 곤(坤)은 모두 음으로만 된 괘입니다. 귀함과 천함이란 신분을 말함이 아니라 역(易) 가운데 괘와 효(爻)*의 상하의 위치를 말한 것입니다. 성인이 역을 만들 때 음양의 실체를 가지고 괘와 효를 나열하는 방법과 상징으로 삼았다고 하여 가장 기본적인 구성 요소가 음양이라고 보았습니다.

여기서 볼 때 자연스레 양-하늘-강함-동(動)-높음-남(男), 음-땅-부드러움-정(靜)-낮음-여(女)의 구조로 생각하기 쉽습니다. 그래서 물리적인 높고 낮음이 섣불리 '남자는 하늘같이 높고 강하며 여자는 땅처럼 낮고 부드러워야 한다'는 논리로 쉽게 오해를 불러일으켰습니다. 그러나 끝까지 읽어가면 양이 음으로 음이 양으로 변화됨을 알 수 있고, 건(괘)과 곤(괘)이 있어야 만물이 시작되고 이루어짐을 쉽게 알 수 있습니다. 또 음양은 고정된 것이 아니라 변화하고 있습니다. 어디에도 남녀 간에 차등을 두는 점은 발견할 수 없습니다. 단지 건의 도가 남성적인 것을 이루고 곤의 도가 여성적인 것을 이룬다는 것은, 남녀의 교합(짝짓기)에 비유하여 만물이 생겨남을 설명한 말입니다.

그리고 『주역』에서 양의 속성이 가장 강한 괘는 건괘(乾

---

* 괘와 효는 우리의 태극기에도 있습니다. ☰ 또는 ☷와 같은 것이 괘며 모두 8괘라 부릅니다. 또 이 괘 두 개를 상하로 겹친 것도 괘인데 모두 64괘라 부릅니다. 그리고 --와 ―처럼 하나하나 떼어서 말할 때는 효(爻)라고 부르며, 효에는 양효(―)와 음효(--) 두 가지밖에 없습니다.

卦)인데 건은 하늘, 임금, 아버지를 상징하는 경우가 많고, 반대로 음의 속성이 가장 강한 괘는 곤괘(坤卦)로 땅, 신하, 어머니를 상징합니다. 바로 이런 관계로 보아 인간을 만물로 비유하면 아버지는 하늘이요 어머니는 땅입니다.

▷열자

그런데 만물이 생길 때 '하늘이 높고 땅이 낮다'는 말은 남녀가 짝짓기를 할 때 취하는 일반적인 자세를 연상시키기도 하지만, 그것을 남녀의 차이로 해석해 하늘과 땅에 각기 남과 여를 대입시킴으로써 '남존여비(男尊女卑)'라는 말이 여기에서 생겼을 것이라 지레짐작하기도 하는데, 실은 그렇지 않습니다. 『주역』에 등장하는 '높다'는 존(尊)과 '낮다'는 비(卑)는 원래 괘의 위치가 공간적으로 높고 낮음을 말한 것이지 신분이 존귀하거나 비천한 것을 말하는 게 아닙니다.

'남존여비'라는 말이 최초로 등장하는 곳은 엉뚱하게도

유가(儒家)가 아닌 도가(道家) 계열인 『열자(列子)』「천서(天瑞)」편입니다.

　　공자가 묻기를, "선생이 즐거워하는 까닭이 무엇이오?"라고 하자, "내가 즐거워하는 까닭은 매우 많소. 하늘이 만물을 생기게 할 때 오직 인간만이 가장 귀한데 내가 사람이 되었으니 그것이 첫 번째 즐거움이요, 남녀 구별에 남자는 존귀하고 여자는 비천[男尊女卑]하므로 남자를 귀하게 삼는데 내가 이미 남자가 되었으니 그것이 두 번째 즐거움이요, 사람이 태어나 하루나 한 달도 살지 못하고 죽기도 하는데 내가 이미 90년을 살았으니 이것이 세 번째 즐거움이로소이다"라고 하였다.

열자는 노자(老子) 이후 장자(莊子) 이전에 살았던 사람으로 추정되기 때문에 성리학, 아니 공자 식의 유교가 사회적 통치 이념으로 성립되기 이전부터 이러한 남존여비 생각이 존재했다는 점을 말하고 있습니다. 그래서 필자는, 남존여비의 원흉이 유교이기 때문에 그 피해를 고스란히 유교에게 전가하는 것은 부당하다는 점을 지적하고 싶습니다. 사실 기독교도 남녀 차별과 노예 제도를 인정했는데, 그것은 기독교의 탓이 아니라 기독교가 그런 문명 속에서 탄생했기 때문입니다. 유교 또한 그렇습니다. 그러나 기독교도 중세 암흑 세계와 무관하지 않듯이, 유교의 그러한 남녀 차별에 대한 것에 면죄부를 주려는 것은 결코 아닙니다. 그러니까 필자가 말하고 싶은 것은, 남녀 차별이 서양이든 동양이든 과거 거의 모든 문명권에 존재했던 보편적인 현상이었다는 점입니

▷'남존여비(男尊女卑)'가 들어 있는 『열자(列子)』 원문. 강조는 필자.

다. 그리고 근대화가 진행되면서 그 철폐의 속도에 차이가 있었던 것이지, 우리의 과거 역사에 그것이 존재했다고 해서 유독 우리 전통만 몹쓸 것으로 생각하지 말라는 뜻입니다. 자기 역사를 부정하면 자신의 뿌리를 부정하는 것이고, 자기 뿌리를 부정하면 자신의 존재마저도 부정해야 하는 비참한 처지에 빠지게 됩니다.

그런데 성리학의 기본 강령이라 할 수 있는 주자의 『태극도설(太極圖說)』은 태극(太極)이 형이상(形而上)의 도▾로서

▾ '형이상'은 『주역』에 나오는 말로 형체가 없다는 뜻인데, '형이상의 도'란 형체가 없는 궁극적 원리를 말합니다. 서양 철학의 metaphysics를 번역하여 '형이상학'이라 말한 용어가 여기에서 유래하였습니다.

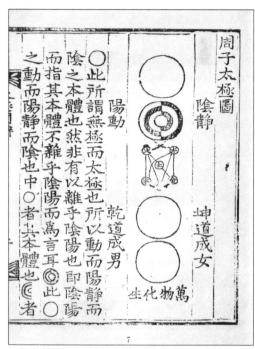

모든 만물이 태극에서 나왔다고 봅니다. 이러한 태극은 만물이 생겨나거나 도덕이 성립하는 근원적 원리로서, 성리학에서는 이렇게 만물이 근원적으로 생기게 하는 원리와 도덕의 근거가 되는 가치를 일치시킵니다. 따라서 이 태극이 곧 하늘의 이치로서 이른바

▷주자 성리학의 이론적 기초 가운데 하나인 『태극도설』

천리(天理)라 부르는 것입니다. 그러니까 태극, 곧 하늘이 모든 사물과 도덕적 가치의 출발인 셈입니다. 다시 말해 사물이 생길 수 있는 원리나 인간답게 사는 도덕적 가치가 바로 이 태극이라는 뜻입니다. 바로 우리의 태극기는 도형을 가지고 그것을 상징하고 있습니다.

따라서 성리학에서는 앞의 『주역』의 방식과 다르게 리(理) 또는 태극(태극은 사실상 理다)을 정면으로 드러내 강조하고 있습니다. 그래서 음양 이전에 태극이라는 이치(곧 理)가 먼저 있어서 음양이 나왔고 음양은 기(氣)며, 생기고 난 어떤

사물에서든 모두 음양으로 된 물질 현상(기)과 원리라는 리(태극)가 함께 들어 있다고 봅니다. 성리학이란 간단히 이해하기 힘든 학문입니다. 어찌 되었건 복잡한 것은 일단 접어두고, 성리학적 전통은 태극(리)이 먼저이므로 음양(기)보다 리를 우선적으로 생각하는 경향이 있으며, 결국 하늘을 본받아야 하는 관점이 녹아 있습니다.

정리해보면, 적어도 조선 후기 300년을 지배해온 성리학적 세계에서는 하늘이란 절대적으로 불변하는 가치를 가지고 있는 존재입니다. 이렇듯 건곤, 아니 하늘과 땅이 절대로 바뀌어서는 안 되는 가치관 속에서 민담의 전승자들이 살았던 것입니다.

그렇다면 하늘의 뜻이 구체적으로 무엇인지 그것을 백성들에게 알려서 따르게 하는 것이 중요했겠지요. 왜냐하면 통치하는 양반 권문세가들에게는 그것이 더 효과적이었기 때문입니다. 인간의 머릿속을 지배하면 모든 것을 다 지배할 수 있으니까요. 그리고 웬만한 사람이 아니고서는 그 학문의 문제점과 허점을 발견할 수 없고, 그 논리의 약점을 찾을 수 없으니까 부정할 수도 없습니다. 똑똑한 소수의 학자들이 그 반대 이론을 내보았자 이단이나 불순분자로 낙인찍어 죽이거나 멀리 유배를 보내 사회와 격리시키면 그뿐입니다. 이른바 조선 후기 사문난적이라 하여 지배 세력과 생각이 다르게 주자학을 해석한 사람들을 죽이거나, 양명학˚을 이단으

˚ 중국 명나라 때 왕수인(王守仁)이 주자학을 비판하고 창시한 학문으로, '마음이 곧 천리'라는 심즉리(心卽理)를 제창하였습니다.

로 여기고 천주교를 탄압한 이유가 바로 여기에 있었습니다.

어쨌든 모든 인간들에게 들어 있다는 하늘의 이치가 인의예지(仁義禮智) 같은 도덕적 성품이지만, 사실상 그러한 성품이 발휘되는 것은 일부 학식이 높은 사대부 자신들이라고 여겼습니다. 그래서 무식한 일반 백성들에게 하늘의 뜻이란 곧 예법, 신분 사회의 질서를 뜻하는 것이고 여기에 가장 흔하게 해당되며 거론되는 것이 오륜(五輪)입니다.

그러나 하나의 학문만이 지배하는 사회는 중세의 서양 사회가 보여주듯 암흑의 세계가 됩니다. 자신들의 권위에 대한 도전을 막으려고 종교나 학문을 더 경직된 방향으로 몰고 갑니다. 거기에 맞지 않은 사람이나 학문은 마녀나 이단으로 취급되어 배척을 받습니다. 그런 사회를 지배하는 구체적인 예법이나 관습이 사람의 행동 하나하나를 구속합니다. 그것이 지배층에게는 유리하기 때문입니다. 이때 지배층에게 대항하면 이는 바로 하늘을 어기는 형국이 됩니다. 하늘을 어기면 곧 패륜이요 인간이 아닌 것입니다. 이렇듯 하나의 사상이 사회를 지배하게 되면 무서운 사회가 됩니다. 중세 유럽, 조선 후기, 공산주의 사회, 과거 반공을 정신적 무기로 살았던 독재 시대가 그것을 말해줍니다.

이렇게 하나의 학문이 사회 이념으로 군림하던 시절, 학문은 사람들의 마음을 지배하는 과정에서 이전의 남녀 차별에 대한 양상을 더욱 확고히 하는 데 이바지하였습니다. 그 지배 과정은 특히 예법을 통해 가능했습니다. 특히 임진왜란과 병자호란을 당하자 무너진 사회 기강을 이러한 성리학적 예법으로 바로잡으려 함과 동시에, 정적(政敵)을 견제하려는 정치 지배층의 의도와 맞물려 있었기 때문에, 하나의 이념과 그에 따른 제도는 강력한 구속력을 지닐 수밖에 없었습니다.

당시 사회 제도로서 차별이 가장 큰 것은 신분 차별과 남녀 차별 그리고 사대부 내부의 당색의 차별과 지역 차별입니다. 일반적인 남녀 차별은 여성의 정치 참여 배제에 있었습니다. 사대부 가정에서의 남녀 차별도, 남자는 정치(관직)에 참여하여 가문을 유지하고 제사를 받든다는 점에서 우대되는 반면, 여자는 출가외인으로서 그 역할이 축소되므로 자연히 차별을 받게 되었습니다.

이렇듯 사상뿐 아니라 사회 제도 측면에서 남존여비의 관념이나 관습의 강화는, 이전부터 내려온 여성의 사회적 활동 배제와 가통(家統)이나 가산(家産)을 적장자(큰아들)에게 승계시키는 관습을 유지하면서, 남아 선호 태도를 강화하기도 했습니다. 이것이 사회 질서를 유지하고 안정시키는 방법이었습니다. 그러나 사실 그 질서와 안정이라는 것도 백성을 위한 것이 아니라 소수 특권층의 안정이라는 점에 문제의 핵심이 도사리고 있었던 것입니다.

그것은 어느 시대 어느 사회를 막론하고 변하지 않는 역사 법칙이 되었습니다. 없는 가난뱅이보다 가진 부자를 편들어야 먹을 게 떨어지기 때문에, 국가 권력은 물론이고 대다수 학문이나 예술, 언론도 결국 그들의 손을 들어줄 수밖에 없습니다. 그런고로 민중은 풀과 같습니다. 그래서 민초(民草)라 불렀습니다. 바람 부는 대로 쓰러지거나 휩쓸릴 수밖에 없습니다. 그러나 아무리 짓밟고 뭉개도 다시 하늘을 바라보며 끈질긴 생명을 이어갑니다. 그게 하늘의 뜻이니까요. 아멘.

어쨌든 이 점은 분명 유교로서도 이중적인 태도입니다. 원리나 철학적으로 남녀 차별보다는 조화를 전제하면서도, 그 이론의 현실적 적용에서 이렇듯 이전의 차별상을 더 확대시킨 점을 발견할 수 있습니다. 물론 이런 점은 앞에서 지적되었듯이, 현대 이전의 대부분의 문명에서 나타나는 보편적 현상이기도합니다. 현대에도 그 양상이 여전히 남아 있는 국가가 많지만 말입니다. 그러니까 이만큼 민주화가 된 세상에 태어나 사는 것이 얼마나 큰 다행인지 모릅니다. 이런 세상을 만들기 위해 노력한 분들께 머리 숙여 진심으로 감사를 드려야 합니다. 그렇다고 지금의 현실에 차별이나 불평등이 전혀 없다는 뜻은 아닙니다. 독자들께서는 바로 그 점을 필자가 말하는 행간에서 찾아보시기 바랍니다.

어울리지 않는 두 남녀의 실패한 혼인 생활

이야기가 좀 길어졌지만, 이러한 생각들이 이 나무꾼과 선녀를 전승시킨 대다수 당시 민중들의 사고를 지배하였기 때문에, 나무꾼과 선녀의 주제를 제대로 파악하기 위해서는 이러한 문화적 맥락이 미리 이해되어야 합니다.

바로 이런 사회적 맥락에서 조선 후기의 관습적 생각이, 남성은 양이고 하늘의 속성을 지녔기에 굳세고 적극적이고 정의롭고 활발하게 이끄는 존재로, 여성은 부드럽고 순종적이고 소극적으로 이끌리는 존재로 규정된 것은 너무나 당연합니다. 이러한 사고는 모든 예법은 물론이요 사소한 관습에까지 녹아 있었습니다. 심지어 우스갯소리로 남자가 바지를 입고 여자가 치마를 입는 이유를 음기와 양기로 견강부회하여 설명하기도 했습니다. 남성은 땅의 음기를 받아서는 안 되기에 바지를 입고 댓님으로 묶었으며, 반대로 여자는 음기를 많이 받기 위해 치마를 입었다는 생각이 그것입니다. 여자가 달밤에 목욕하는 것도 이 같은 맥락입니다.

그래서 이런 문화적 배경에서는 여자는 남자보다 튀거나 잘나거나 활동적이어서도 안 되고, 반대로 남자는 소극적이거나 우유부단하거나 순종적이거나 여성스런 행동을 해서는 안 됩니다. 이에 알맞은 적절한 속담 가운데 '암탉이 울면 집안이 망한다'는 말이 있는데, 이 말은 여성이 가장인 남성을 제치고 가정사를 좌지우지해서는 안 된다는 뜻으로 풀이됩니다. 그러니까 나무꾼과 선녀는 바로 이런 관습을 위반하고 있는 것입니다.

이렇듯 관습적인 남녀의 음양관, 곧 하늘과 땅, 남편과 아내의 속성에 나무꾼과 선녀가 구조적으로 제대로 배치되지 않음은 이미 살펴보았습니다. 이런 두 사람 사이의 혼인이 이루어진 것도 이상하지만, 혼인 생활이 오래 지속될 수 없다는 점은 전통적 가치관에서 볼 때 아주 당연한 일입니다. 게다가 전통적 관습에서의 혼인은 두 남녀의 사랑의 결실보다는 두 가문의 결합이요, 가문을 이을 후사를 생산하는 일이 더 중요합니다.

앞에서 우리는 누차 신분 또는 계급이라는 관점에서 살펴보았는데, 나무꾼이 사는 지상과 선녀가 사는 하늘나라를 비교하자면, 극단적인 신분의 차이가 나는 두 가문으로 쉽게 생각해보았습니다. 나무꾼이 선녀를 포기하지 않고 끝까지 따라가고, 또한 하늘나라의 삶을 포기하지 않으려는 점에서 신분 상승을 위한 피나는 노력을 발견할 수 있었습니다. 반면, 선녀가 잠시 그를 버리고 하늘나라로 떠나가고 이어 나무꾼도 하늘나라에 갔을 때 선녀 가족에게 당한 시련, 곧 나무꾼을 쉽게 가족의 일원으로 받아들이지 않으려는 점도 이러한 신분 갈등이 강력하게 노출되는 부분입니다.

이 점은 당시 사회에 신분 관계가 강력하게 고착되어 있음을 말해줍니다. 당시는 신분이 다른 신분 계급과 혼인하지 않는 것은 불문율이었습니다. 그것을 어기는 일 자체가 누구에게도 축복받을 수 없는 일이며, 당사자와 부모는 미풍양속을 무너뜨린 장본인으로 낙인찍힙니다. 비록 같은 계층의 양반끼리라 하더라도 권력이나 돈, 마지못해 명예나 훌륭한 조상이라도 없으면 혼인하기를 꺼려합니다. 당색(黨色)이 다르면 물어볼 것도 없습니다.

나무꾼과 선녀의 관계는 신분상 최하층 남성과 최고층 여성의 결합으로 이해하면 됩니다. 따라서 나무꾼과 선녀라면 그 신분의 차이가 너무나 큽니다. 신분의 차이가 큼을 극단적으로 표현한 것이 나무꾼과 선녀라는 인물 설정입니다. 설령 나무꾼과 선녀가 서로를 위해 죽을 만큼 사랑한다고 해도 허용될 수 없는 한계가 엄연히 존재합니다. 이런 두 신분이 혼인으로 연결하는 것은 금기입니다. 예법을 뒤흔드는 일이 아닐까요? 선녀가 현실의 특정한 계급을 상징한다면 그렇다는 말입니다.

그래서 남자는 신분적으로 자기와 동등하거나 자기보다 못한 신분의 여성과 혼인하고, 반대로 여자는 자기와 동등하거나 자기보다 나은 신분의 남성과 혼인하는 것이 하나의 자연스러운 관례가 되었습니다. 지금도 농촌 총각이 한국의 처녀들과 혼인할 수 없어 동남아 여러 나라에서 처녀를 수입(?)해와 혼인하는 것이 바로 그런 배경의 관습이 남아 있기 때문입니다. 물론 소수의 예외는 있겠지만, 다수가 그렇다는 뜻입니다. 반면, 한국의 처녀들은 적어도 자기보다 잘 살거나 잘난 한국 남성이 아니면, 잘사는 나라의 백인이라야 혼인하는 경향을 갖고 있습니다. 그러니 자신보다 못한 한국 남성, 특히 농촌 총각과 혼인하는 것은 드문 일이 되었습니다. 이를 두고 처녀들만 탓할 일이 아니라 우리 문화적 맥락에서 보면 당연한 일입니다. 이런 현상은 아마 외국도 마찬가지일 것이고, 어쩌면 인류의 보편적 현상이라 본다면 너무 섣부른 판단일까요?

따라서 나무꾼과 선녀의 혼인에는 어울리지 않는 요소가 너무 많습니다. 계급, 가치관, 동시대의 관습과 성 역할, 능력 등이 그것입니다. 이런 두 사람의 혼인이 어떻게 가능했을까요? 앞에서 살펴본 대로 그건 바로 기만을 통해서입니다. 그리고 나무꾼 부부는 기만을 통해 그러한 혼인 생활을 연장시키려고 애씁니다. 기만이 또 다른 기만을 낳고. 그러나 끝내 혼인 생활은 실패로 끝났습니다.

눈치 빠른 독자들은 벌써 감을 잡았겠지만, 이 이야기는 어떤 면으로 보아도 어울리지 않는 어떤 커플의 실패한 혼인 생활 이야기입니다. 남성답지 못한 딱한 처지의 한 남자가 자신의 신분에 넘치는 여성을 기만으로 혼인하고, 또 서로가 기만을 통하여 혼인 생활을 연장하려고 하였으나 결국 실패할 수밖에 없다는 점을 말해주는 것입니다.

그러니까 지체 높은 양반들이 자신의 딸에게 사랑에 눈이 멀어 속아서 혼인한 결과가 이렇게 끝날 수도 있으니 조심하라는 이야기가 아닐까요? 반대로 못난 남성들에게는 쓸데 없는 헛꿈 꾸지 말고 분수나 제대로 알라는 이야기가 아닐까요? 못난 놈은 절대로 잘난 여자의 짝이 될 수 없다는 이야기일 것입니다. 네 주제에 어딜 감히 그런 여자를 넘봐? 비록 갖은 재주를 다해 잘난 여자를 '꼬신들' 소용없다는 말일 것입니다.

그러니까 좀더 보편적으로 말하면, 전통적인 남녀관이나 신분 관념에 위배되는 혼인은 결코 성공할 수 없다는 이야기입니다. 자유 연애와 사랑지상주의에 빠진 현대인들의 시각에서 볼 때 너무 가혹한 결론이라고 여길지 모르지만, 그들 역시 이와 유사한 장애를 만나지 않을까요? 지배적 가치관에 어긋나는 혼인은 성공할 수 없습니다. 그러니 배경이 좋고 능력 있는 여성과 그렇지 못한 못난 남성의 혼인 생활은 순탄치 않다는 얘기입니다.

더 깊은 철학적 의미

자, 민중들이 의식했든 못했든 간에 이 이야기에 들어 있는 심오한 철학적 의미 가운데 하나는, 인간은 결핍된 욕망을 충족시킬 수 있는 이상향을 갈구하지만 그런 것은 없다는 점입니다. 인간의 욕망을 채워줄 낙원도 없지만, 그것을 기만으로 찾을 수 있는 것이 더욱 불가능하다는 점입니다. 인간은 자신의 욕망을 충족시키기 위해 기만을 사용하지만, 그런 기만을 사용해서는 진정한 행복을 찾을 수 없다는 말입니다.

뒤집어서 말해, 현실은 낙원도 아니니 어쩌면 인간이라는 존재가 기만과 가까이 살 수밖에 없다는 생각인지도 모릅니다. 다른 사람 위에 군림하기 위해서는 말할 필요도 없고, 더 이상 어찌할 수 없는 상황에서도 기만은 필요할 것입니다. 살아남기 위해서나 장가가기 위해서 말입니다. 현대 자본주의는 이런 작은 기만(영업 비밀이 보장된 이윤 추구)을 보장해주지 않습니까? 마지못해 길거리에서 붕어빵 장사를 하더라도 재료의 원가를 공개하지 않고 이윤을 최대한 부풀리려고 하는 것이 불문율입니다. 이런 작은 기만이라고 해서 그게 남에게 해가 되지 않고 오히려 내게 이익이 된다면 문제될 것이 없다는 것이 사회의 저변에 깔려 있고, 또 그것을 당연하게 여김으로써 사회가 돌아가고 있습니다. 기만이 크든 작든, 선의든 악의든 일상화되었다고 보면 됩니다.

이러한 기만적 남성의 전략에 방어하는 여자의 내숭도 일종의 기만입니다. 따라서 보통 사람들에게 뼛속까지 도덕군자가 되라는 것은 어불성설입니다. 기만하지 않고 살 수 있는 세상이 가능할지 모르지만, 생물적 속성을 지닌 인간이 그렇게 살기는 불가능합니다. 이 지구상 어디에도 생물이 살 수 있는 조건이 그렇게 녹록하지 않기 때문입니다.

본질적으로 인간은 누구나 기만이라는 가면이 필요합니다. 사람들은 자신의 추악한 생각이나 행동을 감추거나 타인에 대한 자신의 감정을 숨기고 싶기 때문이기도 하지만, 더 나아가 상대를 위하거나 배려하기 위해서도 필요하기 때문입니다. 그래서 예나 지금이나 사람들이 자신의 속마음을 몽땅 보여주기를 원치 않습니다. 몽땅 보여주지 않는 것이 생활 예절이자 관습입니다. 사실 전통 시대의 예법이라는 것도 인간의 자연스런 감정을 숨기거나 억제해서 천리를 절도 있게 표현한 것이니 만큼, 감정이나 본능 측면에서 볼 때는 일종의 기만이라 할 수 있는 꾸밈에 해당됩니다.

그리하여 좀더 나아가서 보면 인간은 어쩌면 기만하는 존재일 것입니다. 물론 기만이 몽땅 비도덕적이라는 뜻은 아니지만, 도덕과 도덕이 아닌 것의 차이는 그 문화나 관습이 결정할 문제입니다. 그런 문제를 떠나서 인간이 기만적인 존재라는 뜻은 다른 동물과 마찬가지로 욕구 충족을 위해 다양한 전략을 상대가 눈치 채지 않게 사용한다는 점입니다. 상대가 경쟁자이거나 욕구 충족의 대상이라면 더욱 그러합니다. 그게 생존의 기술입니다. 특히 요즘 세상엔 그걸 잘할수록 찬양을 받습니다. 자신의 이익이나 이윤 그리고 영업 비밀을 정직하게 말하거나 알리는 바보가 어디 있겠습니까?

자본주의란 기실 이러한 인간의 욕망을 마음껏 발휘해 자본을 축적하도록 하는 시스템이기에 규칙(법)에 어긋나지만 않는다면 기만을 못하는 놈이 바보입니다. 하물며 그 규칙을 많이 가진 자에게 유리하다면야 더 이상 말해 무엇 하겠습니까?

그러나 기만이 적극적으로 장려되는 사회, 기만을 잘하는 사람이 잘사는 사회, 그런 사회는 분명 유토피아가 될 수 없습니다. 본질적으로 기만하는 자와 기만당하는 사람들이 공존하기 때문입니다. 기만이 인간의 존재에 불가피한 것이라 하더라도 그것이 과도하면 오히려 인간 존재를 위협하게 됩니다. 그래서 기만이 일상화되면 결국 강한 자만 살아남습니다. 승자독식이나 약육강식의 세상이라면 그것은 동물의 세계입니다. 그건 야만의 세계이지 인간의 세상이 아닙니다.

바로 진실의 땅에 발을 딛고 인간이 되고자 하는 것, 그게 바로 가치 의식이며 당위(當爲)˅나 도덕을 추구하는 인간의 또 다른 이성적 모습입니다. 인간은 동물처럼 주어진 삶을 순응하며 본능의 궤도만 순순히 따라 사는 존재는 아닙니다. 인간은 자신의 생각에 따라 삶을 주체적으로 결정할 능력을 가지고 있습니다. 비록 지금 당장은 없는 세계지만 있어야 할 세계를 창조할 능력이 있습니다. 새로운 세상은 현실을 비판적으로 바라보는 토대 위에 세운 당위나 도덕에서 출발합니다. 과도한 기만 행위에 따른 불공평한 사회를 증오하고

˅마땅히 있어야 하는 것이나 마땅히 행해야 할 일로서 요구되는 것으로, 항상 옳음을 전제로 하고 있습니다. ᛝ

바꾸려 하거나 적어도 그런 세상이 되지 않기를 바라는 사람들이 있는 한, 기만적 술책을 미워할 수밖에 없습니다.

비록 인간 세상에 기만이 필요함을 어느 정도 긍정하되 도덕으로 그 기만을 조절하는 것, 그래서 '나무꾼과 선녀' 이야기는 그런 상황을 일찌감치 알려주려는 것은 아닐까요? 새벽에 수탉이 '꼬끼오!' 하고 우는 것을 그냥 닭소리로만 무심코 넘길 수 없을 터, 욕망의 낙원에서 추방당한 인간의 참모습을 알려주는 진리의 목탁 소리쯤으로 말한다면 지나친 해석일까요? 기만하는 존재로서의 인간에겐 결코 낙원은 없습니다. 낙원이란 욕망을 기만적으로 채움에 있는 것이 아니라 그 욕망을 버리는 내 마음 안에 있는지도 모릅니다.

4
기만은 우리에게 무엇인가?

우리에게 던져주는 문제들

이 '나무꾼과 선녀' 이야기를 통하여 각자의 처지나 관심에 따라 할 수 있는 이야기가 많을 것입니다. 앞부분에서 필자가 이 문제에 대해 일일이 대응하지 않았던 것은 무엇보다도 다양한 처지에 따른 경험이 부족하기 때문입니다. 아울러 또 하나의 이유는, 일부 연구자들에게서도 확인할 수 있듯이, 이 이야기가 잉태되어 구전되어온 문화적 맥락을 무시하고 어떤 학문적 방법론을 무차별적으로 들이대어 해석함으로써 이야기의 본질에서 벗어날 수 있는 위험 때문이기도 합니다. 곧, 어떤 해석 방법은 해석의 편리함과 유용함을 제공하기도 하지만, 각 지역에 따른 문화적 다양성을 무시할 뿐 아니라 보편적이라고 믿는 단일한 잣대로 바라보는 잘못을 범할 수 있고, 거기에 녹아 있는 특징을 빠뜨릴 수도 있습니다.

이런 학문 방법으로 해석할 때는 매우 조심해야 합니다. 여러 방법론을 적용하는 것은 의미 있는 일이지만, 그것에 앞서 우선적으로 고려되어야 할 것은 비판적인 텍스트 선정과 아울러 이야기에 녹아 있는 특수한 문화적 내용을 손상시켜서는 안 되고, 또 우리 문화에 대한 이해가 전제되어야 합니다. 배경 지식에 대한 아무런 이해 없이 이 이야기가 마치 자신들의 주장을 뒷받침하기 위해 존재하는 것처럼 보는 본말전도의 시각은 연구자의 온전한 태도가 아닐 것입니다.

하지만 지금 여기서부터는 좀더 자유롭게 논의할 수 있을 것 같습니다. 비록 옛날이야기지만 어차피 오늘의 다양한 관심 속에서 이야기를 들여다보아야 하고, 나아가 오늘의 문제에 나름대로 답을 제시해줄 수 있어야 존재 가치가 있기 때문입니다.

이 이야기를 통해 생각해볼 수 있는 문제를 다음과 정리해보았습니다. 가장 먼저 생각해보아야 할 문제는 '전통을 어떻게 보아야 하는가?'입니다. 분명 '나무꾼과 선녀' 이야기는 과거 시대의 산물입니다. 그러한 혼인 관계가 오늘날 성립한다고 해서 반드시 실패할 이유도 없습니다. 그러니까 그것을 무시해도 좋을까요? 아닙니다. 필자가 볼 때는 여전히 이러한 맥락은 상당 부분 유지되고 있습니다. 그래서 전통이 중요하며 이를 살펴볼 가치가 충분히 있다고 판단하는 것입니다.

이 큰 질문에 이어서 부차적인 작은 질문으로는 '전통적인 남녀에 대한 생각에서 성 역할을 현대에 유지할 필요가 있는가?'라는 점과, '관습에 위반하는 혼인은 과연 비극을 초래하는가?' 하는 점입니다. 심지어 '혼인은 꼭 해야 하는가?'라는 점을 살펴볼 필요가 있습니다.

현대 사회에서 적어도 겉으로 볼 때는 남녀가 평등합니다. 그러나 아직도 남성과 여성의 역할에서는 전통적인 모습이 많이 남아 있습니다. 이러한 역할이 현대적 남녀 평등 정신에 과연 맞는지 검토해볼 필요가 있다는 뜻입니다. 그리고 그러한 남녀의 역할에 맞지 않는 혼인은 정말로 비극을 초래하는지, 잘못된 혼인 생활로 이어지는지 살펴볼 필요도 있습니다. 아니 혼인 자체가 필수가 아니라 선택이라고 말하는 현대의 젊은이들의 생각을 과연 탓할 수 있는지, 남성과 여성이 성숙하면 반드시 혼인을 해야 한다는 과거의 전통을 어떻게 이해해야 하는지 등의 문제가 여전히 남아 있습니다. 그렇기 때문에 이러한 질문에 대한 답변은 충분히 검토할 가치가 있고, '나무꾼과 선녀' 이야기가 우리에게 던져준 과제라는 점입니다.

다음으로 생각해볼 문제는 '기만은 반드시 나쁜 것인가?' 하는 점입니다. 앞의 글에서 잠시 언급했지만, 인간이 사는 사회는 크든 작든 기만이 일상화되어 있습니다. 특히 우리가 사는 자본주의 사회도 그런 기만을 적절히 잘 사용해 자신의 이윤을 키우는 사람을 유능한 사람이라고 여기기도 합니다. 그래서 기만은 무조건 나쁜 것이며 그런 기만이 판치는 세상은 나쁜 세상이라고 흑백 논리로 말할 수 없는 그 무엇이 있지 않을까 싶어, 이런 문제를 제기해보는 것입니다. 어쩌면 그 기만이 인간의 본성 가운데 하나가 아닐까 하는 생각마저 듭니다. 이것이 필자가 이 이야기를 통해 결코 소홀히 할 수 없는 점이기에, 반드시 짚고 넘어가려고 합니다.

덧붙여 '기만은 보편적 현상일까?' 하는 문제를 드러내봅니다. 보편적인 현상이라고 말함은 인간만이 아니라 동식물까지 넓혀서 생각해보자는 것이지요. 만약 그렇다면 우리가 기만을 반드시 나쁘게만 볼 수는 없을 것이고, 지나치지 않는 적절한 기만을 사용하는 우리 자신을 두고 너무 죄의식을 가지고 바라볼 필요는 없다는 점이 생기지요. 그리고 인간으로 좁혀서, '기만적 배우자의 선택은 언제나 비극적인가?' 하는 점도 생각해보고자 합니다. 앞의 문제에서 인간이 크든 적든 기만을 사용한다면, 거의 대다수가 자신의 짝을 고를 때 이를 사용할 수밖에 없으며, 그 경우 그 기만으로 인해 불행한 혼인 생활로 반드시 이어지는지 살펴볼 필요가 있다는 것입니다.

다음의 글들은 바로 이런 문제 의식을 갖고 필자 나름대로 생각해본 내용들입니다. 여러분들의 생각과 비교하고 비판해보기 바랍니다.

전통과 현대

우선 첫 번째의 물음을 생각해보겠습니다. 전통을 어떻게 보아야 하는가의 문제 말입니다. 아마도 이 '나무꾼과 선녀'

이야기에 반영된 논리대로라면 모두 찬성하기는 힘들 것 같습니다. 특히 여성 독자라면 더욱 그럴 것입니다. 남편은 하늘과 같고 아내는 땅과 같으며, 혼인 생활에서도 남편이 적극적으로 앞장서고 아내는 순종하며 따라야 한다는 점 말입니다. 더구나 아내는 자신의 남편을 능가할 정도로 잘 나도안 되고, 그 잘난 점을 발휘하면서 자신의 배경을 이용하여남편을 주눅 들게 행동해서도 안 된다는 관점에 동의하지않는 사람도 상당할 것입니다.

반면, 주변의 예를 들면서 남편보다 잘난 부인을 둔 가정이 결국 행복하지 않게 보인다는 경험적 사례를 들어, 이 이야기의 논리에 타당성이 있다고 고개를 끄덕이는 분들도 있을 것입니다. 전자의 주장에는 논리적 근거가 유효하다면 후자의 주장에는 경험적 근거가 작용할 것입니다. 특히 경험이많은 사람들, 다시 말해 나이가 든 사람의 입장에서는 아마도 후자 쪽을 택할 가능성이 높아보입니다. 필자도 살아오면서 그런 생각을 가진 사람들을 적지 않게 보아온 것도 사실입니다. 설령 그렇다고 해서 젊은이들이 살아가는 미래에도,반드시 나이든 사람들의 경험대로 될 것이라는 확실성은 없습니다. 왜냐하면 여기서 말하는 경험이란 확률적인 근거이지, 그 경험대로 반드시 이루어진다는 근거가 부족하기 때문입니다.

바로 이 점 때문에 전통이 그대로 미래에 이어질 것이라고 확신하기는 어렵습니다. 전통은 재해석을 거쳐 적용되는것이 바람직하며, 반드시 그대로 고수할 수도 없고 고수해서도 안 됩니다. 왜냐하면 사회적 시스템과 그 배경이 되는 세계관이 다르기도 하고, 과거 유교의 성리학적 질서로 사회를 유지하던 방식대로 하늘의 이치라고 교육시키면서 사회를 이끌 수도 없기 때문입니다. 그래서 오늘날 오륜(五倫)과 같은 관념 역시 천리로서 불변의 법칙이라 말할 수도 없거니와 자연 속에서 그것을 증명할 길도 없습니다.

따라서 갓 쓰고 도포 입고 때로는 개량 한복에 꽁지머리로 수염 기르며 '우리 것은 좋은 것이여'를 외치며 언어나 예법, 풍습 등에서 옛것을 무조건 따라하는 것도 우스운 일이지만, 그렇다고 그것을 일고의 가치도 없이 케케묵은 유물쯤으로 생각하는 것도 온전한 태도가 아닙니다.

전통이란 집단적 개념이어서 싫든 좋든 자신의 존재를 가능하게 만든 뿌리입니다. 부정하려고 해도 부정될 수도 없는, 한 개인이 살아온 운명과 같은 것입니다. 그것을 부정할수록 자기를 더욱 부정하는 자기 모순에 빠지게 되고, 찬양할수록 자기 도취에 빠져 현실에 뒤쳐지고 맙니다. 이렇듯 전통에 무조건 따르거나 전적으로 거부하는 것 모두 경계해야 할 일입니다.

그럼에도 불구하고 우리가 전통에 관심을 갖는 이유는, 그것이 우리를 있게 만든 근거라는 점도 있지만, 경쟁을 최우선으로 아는 현대 자본주의, 그것도 신자유주의▼ 경제 체제

▼미국에서 시작되어 가능한 한 경제 활동에 국가의 간섭을 배제하고 자유 경쟁을 기치로 내세움으로써 사회주의 몰락 이후 지금까지 유지되어온 자본주의 체제로서, 경쟁의 본질상 강자에게 절대적으로 유리한 체제입니다. 최근 미국

에 대한 비판적 대안을 찾는 과정에서 관심이 생겨나기 때문이기도 합니다. 경쟁만 강조하면 인간 사회는 강자가 지배하는 약육강식과 승자독식의 정글에 불과합니다. 그래서 이러한 현대 사회의 문제점을 성찰할 수 있는 진보적 대안을 전통의 정신을 재해석하고 찾아보자는 것입니다. 미래는 아직 알 수 없으며, 미래를 예측하거나 개선시킬 수 있는 자료는 과거에서 찾을 수밖에 없기 때문입니다. 바로 공자가 말한 '온고이지신(溫故而知新)'의 논리입니다.

그럼 어떻게 해야 할까요? 우선 손쉽게 '비판적 계승' 같은 태도를 생각해볼 수도 있겠습니다. 그러나 비판하면서 그 장점을 잇는 것도 전통보다는 현재에 더 비중을 둔 태도입니다. 현재를 어느 정도 옳다고 본 것을 전제한 뒤 거기에 기준을 두고 비판하기 때문입니다. 전통이라고 해서 다 나쁜 것도 아니고 다 좋은 것도 아닙니다. 이분법적으로 예스나 노를 택할 문제가 아닙니다. 전통은 해당 시기의 세계관과 사회적 가치관을 가지고 있고, 또 그것을 누가 어떤 권력을 가지고 어떤 의도로 강요했는지도 문제이지만, 그것이 오늘날에 온전히 적용된다고 볼 수도 없기 때문에, 결국 재해석되어야 한다는 것입니다. 그리고 인간의 생각이나 행동을 좌우하는 것이 물질적이고 경제적인 기반이라는 마르크스주의의 소박한 이론을 굳이 빌리지 않더라도, 인간의 가치와 삶은 자연과 사회 환경의 변화로 얼마든지 달라질 수 있기

─────────────

의 금융 위기로 인해 신자유주가 무너질 조짐을 보이고 있으나, 우리나라는 기업은 물론이고 공공 분야까지 오히려 이 체제를 강화하려는 추세입니다.

때문이기도 합니다.

따라서 전통을 그대로 따른다고만 해서 될 일도 아니고, 비판만 한다고 능사도 아닙니다. 전통에도 문제가 많지만 현재에도 문제가 적지 않습니다. 결국 오늘의 문제를 해결하기 위하여 전통을 창조적으로 재해석하여 적용하는 문제로 남게 됩니다.

그러나 전통을 재해석하여 적용한다고 해도 여전히 문제는 남습니다. 누가 무엇을 어떤 의도에서 받아들이느냐의 문제입니다. 크게 보아 자본주의적 경쟁 사회에 시민들을 몰아넣기 위해 시장경제 활성화에 도움이 될 만한 것을 찾는 경우도 있겠고, 반대로 자본주의 체제에 도사리는 추악한 탐욕과 비인간성을 극복하는 데 도움이 될 것을 찾을 수도 있기 때문에, 현실의 삶에 대한 비판적 작업이 선행되어야 합니다. 현실에 대한 비판 없이 과거의 전통을 무비판적으로 따르거나 배척한다면 전통에서 배울 것이 별로 없습니다.

그렇다면 왜 전통에서 대안을 찾으려 할까요? 앞에서도 잠시 언급했지만, 우선 그것은 우리 문화의 뿌리로서 싫든 좋든 우리 자신을 존재하게 한 근거이기 때문입니다. 이 세상 어느 나라 어느 민족 출신이든 자신의 뿌리를 부정하게 되면 자신이 누구인지 정체성을 잃게 됩니다. 이것은 자신의 전통이 싫든 좋든 또는 그것을 부정하든 찬양하든, 자신의 의사와 상관없이 그 사람이 갖고 있는 특징, 예컨대 그가 한국인이나 미국인, 일본인이 되게 하는 그것이 그 나라의 전통과 연관되어 있다는 뜻입니다. 자신이 이 세상에 살아 있는 이상 이러한 전통의 흔적을 부정할 수는 없습니다. 만약 부정한다면 그것은 자기 부정입니다.

자기 부정을 하는 사람은 아비를 아비라 부를 수 없었던 홍길동과 같은 처지에 빠집니다. 조선시대 첩의 자식들은 같은 아비를 두고도, 어머니가 정실부인이 아니고 첩이라는 이유로 자기를 부정하도록 강요받았습니다. 아비를 아비로 부를 수 없다는 뜻은 결국 자기 존재 근거를 부정하는 것이며, 사회 관계에서 사형 선고를 뜻합니다. 자기 부정이란 이렇듯 자신의 존재를 부정하는 결과를 낳습니다. 우리는 여기서 왜 입양아들이 성인이 되어서도 자기를 낳아주었으나 자기를 버린 나라와 부모를 다시 찾는 이유가 무엇인지 알 필요가 있습니다. 그것은 자기가 누구인지 알고 싶고 자기 존재의 근거를 확인하고 싶은 것입니다. 자기를 버린 조국이나 부모에 대한 애증과는 또 다른 본질의 문제입니다. 키워준 나라의 현실적 삶으로 돌아가 자기를 부정하거나 부정당하지 않고 살려면, 자기가 존재하게 된 근거를 알아야 하기 때문입니다.

이렇듯 전통을 재해석하여 적용하는 것은 자기 긍정입니다. 곧 자긍심(自矜心)을 갖는 일입니다. 자긍심은 자만심과도 다르며 자기 비하와는 전혀 방향을 달리합니다. 혹자는 자신의 가치관이나 생활 태도는 전통에서 하나도 취할 것이 없어, 모두 서양 사상이나 종교에서 찾아 생활해도 불편 없이 행복하게 잘살고 있다고 강변할 것입니다. 실제로 그런 사람이 많습니다. 외국에서 전파된 종교를 믿는 사람 가운데 자주 발견할 수 있습니다. 그들에게 우리 전통이나 역사는 부정되어야 할 것들입니다. 그들이 따르고 추종해야 할 대상은 우리 역사에 있지 않습니다. 귀감이 되는 것은 내가 아니고 남입니다. 나는 언제나 못나고 죄인이고, 내게 바른 삶을 있게 해준 그것이 스승이자 생명의 젖줄입니다. 내가 부정되고 타인이 귀감이 되는 삶, 그것은 바로 정신적 노예의 삶입니다.

우리의 현대사는 바로 개화기와 일제 강점기 그리고 미군정과 한국전쟁, 경제 개발을 거치면서 접하게 된 외래 사조 탓에 전통에 대한 자긍심을 상실한 때가 있었습니다. 근대화의 최면에 걸린 나머지, 우리 문화의 주류를 담당하는 자들이 개화기부터 신교육을 배움으로써, 우리 것을 부끄러워하게 만든 시기였습니다. 이른바 오리엔탈리즘˅이나 식민사관˅˅ 등에 의하여 자신을 바라보는 방식, 곧 정신적 노예 교육이 이 같은 일을 담당하였습니다. 이들에게 비춰지는 자신의 전통이란, 이들이 추종하는 외국이나 외국인들의 시각과 맞닿아 있습니다. 우리의 문제를 일본이나 미국식으로 해결하려 하고, 이들 국가야말로 우리가 본받을 대상이며, 우리를 근대화시키고 적으로부터 보호하여준 은인이라고 생각하는 지경에 이르게 됩니다. 그런 왜곡된 자기 부정은 지금

˅ 서구인들이 바라보는 동양에 대한 시각이나 관점을 총칭하는 말로, 서양인의 경험 속에 동양이 차지하는 특별한 지위에 근거를 두고 있습니다.
˅˅ 일본이 우리를 식민지화하면서 내세운 역사관으로, 조선인은 남에게 의지하는 사대주의가 강하여 늘 큰 나라를 섬겨왔으며 당파를 잘 만들고 게으르다는 것 등이 주요 내용입니다.

현재까지도 곳곳에 살아 꿈틀거리고 있습니다. 우리끼리 지지고 볶고 싸우고 비하하는 일에 더 치열할수록, 이들에게 더 충성하는 일입니다. 아, 자신의 전통에 자긍심을 갖지 못하는 일이 이렇게 비극적일 수도 있습니다. 아직도 한국에서는 반미 운동조차 금기며, 친일 반민족 행위를 한 인사들을 욕하는 것도 눈치를 봐야 합니다. 그들의 직계 자손의 부라퀴들이 우리 사회 상류층 곳곳에서 아직도 여론이나 국가 정책에 큰 영향력을 행사하고 있기 때문입니다. 한국인이면서 미국인들보다 더 미국적이고 일본인보다 일본적인 인간들이 살고 있습니다.

누가 그런 얘기를 했습니다. 한국에 공자가 들어오면 한국의 공자가 아니라 중국의 공자가 되고, 예수가 들어오면 우리의 예수가 아니라 미국의 예수가 된다고 말입니다. 어디 그뿐이겠습니까? 학문이나 예술에 이르는 거의 모든 분야가 그런 것이 아닌가요? 사람들은 산사(山寺)를 지날 때 스님들의 말씀에 대하여 관심이 없다가도, 서양의 명문 대학을 졸업한 외국인이 한국에서 승려가 되어 깨달음의 세계를 이야기 하는 책을 내면 베스트셀러가 된다는 얘기를 들은 적도 있습니다. 또 사람들은 한국의 토박이 학자가 한국어로 자신의 전통을 이야기하면 귀담아듣지도 않다가도, 서양의 대학에 유학하여 서양인의 시각으로 재구성한 동양 문화와 사상을 수입해 영어를 섞어 전달해주면, 비로소 비상한 관심을 갖는다는 이야기도 있습니다. 이렇듯 우리는 철저하게 자신을 부정하는 데 길들여져 있습니다. 자긍심을 가져보지 못했기 때문입니다.

전통을 재해석하여 적용해야 하는 또 다른 이유는 오늘의 문제를 해결할 수 있는 열쇠를 찾을 수 있기 때문입니다. 물론 그것은 전통에만 있는 것은 아닙니다. 외국의 사례에서도 얼마든지 찾을 수 있습니다. 그러나 그러한 열쇠도 이른바 '체질'에 따른 약이 있듯이, 그 문화적 체질에 맞는 전통적 처방이 더 효과적이지 않을까요? 하나의 예를 든다면, 요즘 에너지 소비가 너무 심하여 지구 온난화 문제가 큰 이슈로 등장하고 있습니다. 필자도 아파트에 살면서 가스보일러 난방으로 겨울을 따뜻하게 보내고 있는데, 솔직히 생각하면 이것도 지구상의 인간들이 누리고 있는, 얼마 안 되는 사람들에게 해당되는 특혜라고 생각합니다. 못사는 나라의 많은 사람들이나 다른 동식물이 사용하는 에너지보다, 일부 잘사는 나라 사람들의 에너지 소비가 지구 온난화의 주범이라는 말을 하고 싶어서 그렇습니다. 이런 문제의 대안은 자연을 개척하고 이용만 하는 태도에서 벗어나, 자연과 더불어 자연을 따르는 삶으로 전환하는 전통적 삶의 방식에 주의를 기울일 필요가 있다는 뜻입니다. 인류가 다른 생물과 공생하면서 지구를 살기 좋은 곳으로 보존하여 후세에 물려주려면, 과거 뜻있는 선조들이 살았던 방식처럼 욕심을 버리고 소박한 삶으로 되돌아가야 한다는 뜻입니다. 필자부터 말입니다. 또한 그것이 필자의 노후 생활의 꿈이기도 합니다.

남성과 여성을 어떻게 볼 것인가

전통에 대하여 자만도 부정도 결코 유익하지 않다는 점을 앞에서 살펴보았습니다. 그러면 '전통적 남녀관에서 성 역할을 오늘날까지 유지할 필요가 있는가?'라는 질문에 대한 답을 할 차례가 되었습니다. 이 점은 '나무꾼과 선녀' 이야기를 현대적 관점에서 어떻게 비판해야 하는가 하는 점과, 그 이야기에서 본받아야 할 점이 있는지 살펴보는 것과 맥락을 같이합니다.

사실 어느 문화권에서나 고대로 갈수록 신분의 차별과 함께 남녀 노소에 따른 구별은 보편적 현상입니다. 그것이 당시 질서 유지의 핵심 축입니다. 평민이나 노예는 귀족에 대하여 대항할 수 없으며, 가정에서는 가장인 남편을 따라야 하고, 젊은 사람들은 노인에게 순종하고 또 공경해야 했습니다. 그런 전통이 있었기에 그러한 차별이 존재하는 나라를 아직도 흔히 볼 수 있습니다.

그런데 이런 구별, 문제의 핵심을 좀 좁혀서 현대의 관점에서 살피면 남녀 사이의 차별이 왜 생겼으며, 그것이 당시로서 타당한 것인지 검토해볼 필요가 있습니다. 독자들께서 학생이라면 당연히 이러한 점에 대한 의문을 가지고 탐구해볼 가치가 충분히 있습니다. 왜 과거에는 남녀 차별이 보편적인 현상이었나 하는 점입니다. 물론 예외는 있습니다. 전통 문화가 아직도 강하게 남아 있는 일부 종족에서는, 여성의 지위가 사회에서 낮지도 않으며, 집안의 가장권도 당연히 여성이 갖는 곳도 있습니다. 그러나 그것은 일부 작은 사회의 예에 불과합니다.

어쨌든 여성이 차별받는 사회나 그렇지 않은 사회도 자연적 조건이나 사회적 조건과 밀접하게 관련되어 있습니다. 전자의 경우, 곧 여성이 사회적으로 차별을 받았던 가장 큰 요인에는 크게 두 가지 측면에서 생각해볼 수 있습니다. 먼저 기계로 물건을 생산하는 현대적 산업이 발달하기 전의 산업이란 대개 농업이나 목축, 부분적으로는 상업이 주를 이루고 있고, 때로는 전쟁을 통하여 노예나 필요한 물자를 확보하였습니다. 이런 일들은 대개 힘들고 위험하며 모험과 용기가 동반되는 일입니다. 농업을 제외하고는 여성이 참여할 수 있는 여지가 적습니다. 당연히 이런 활동을 통하여 획득되는 재물에 대한 관리나 소유권은 해당 남성을 중심으로 이루어질 수밖에 없겠지요. 여성은 부차적인 일, 곧 그 남성의 아이를 낳아서 길러준다거나 바느질, 요리 등 집안의 자질구레한 일을 맡았을 것으로 생각됩니다.

다음으로 여성이 차별받는 원인 가운데 하나는 이렇게 재산이나 재물을 모으는 것과 관계되는데, 대부분 재산을 모은 사람은 왕족이거나 귀족에 해당되고, 이들은 그 재산을 누군가에게 물려줄 필요가 있었습니다. 대부분 인간들은 늙고 병들면 보살핌을 받아야 하고, 자기의 사후 문제에 관심을 갖기 때문입니다. 이럴 경우 당연히 재산을 물려줄 대상이 누가 되겠습니까? 형제에게 상속하기도 하고, 나라를 물려줄 경우는 덕 있는 사람에게 하다가, 결국에 가서는 맏아들을 중심으로 이루어지는 것을 당연한 일로 여겼습니다. 그러니까 큰 재산을 물려주는 일에서 여성은 배제되는 것이죠. 그리고 그 아들이 자신의 아들이어야 하니까, 혈통의 순수성을 지키기 위해 여성의 사회적 활동이나 집 밖 출입을 금해야 할 필요가 생기게 되었습니다. 당연히 여성의 순결을 중시할 수밖에 없었고요.

이런 일들은 처음에는 왕족이나 귀족 사이에서 이루어지다가 점차 서민에게까지 확대되었습니다. 물론 이것은 산업화가 되기 전 대다수의 문명권에서 볼 수 있는 일입니다. 따라서 이러한 사회에서는 여성이 경제적으로 독립할 수 없었고, 따라서 경제적 권한을 가질 수 없었기 때문에 차별을 받을 수밖에 없었습니다. 다수의 여성은 마치 소유물처럼 어딘가에 소속되어 있어야 하고, 성장해서 어떤 남자에게 시집을 가지 않으면 갈 곳이 없었습니다. 당시 여성들은 사회 활동을 하거나 일할 곳이 없었으며, 설령 있다고 하더라도 일할 곳이 제한되어 있었기 때문입니다.

그러나 산업이 발달하면서 힘든 육체 노동에 비해 상대적으로 힘이 덜 드는 직업이 생기고, 따라서 여성 노동력을 담보로 사회적 진출이 확대됨에 따라 경제적 지위도 향상되어, 어느 정도 여성의 사회적 지위를 확보할 수 있게 되었습니다. 여기서 우리는 산업화 이전의 이러한 사회를 무조건 부도덕하고 나쁜 것으로 판단할 것이 아니라, 그 사회 나름대로 생존과 질서(당연히 귀족이나 왕족을 위한 질서였겠지만)를 유지하고, 생활의 안정을 위한 사회적 장치라는 측면에서 비판적으로 이해해야 하고, 이런 일들을 타산지석으로 삼아야 합니다. 그렇기 때문에 경제 활동의 기회 균등과 민주 제도가 발달해야 여성이 차별을 덜 받는다는 점을 알아야 합니다. 민주주의가 꽃피어야 사회적 약자, 곧 여성이나 노인, 어린이, 장애인, 소수자들이 일자리를 갖고 경제적으로 독립하며 차별을 받지 않습니다. 이런 뜻에서 사회적 약자들과 여성들은 일자리를 많이 만들어준다는 후보보다 민주적 정책을 중요시하는 후보에게 투표해야 합니다. 그래야 더 안정적이고 지속적이며 평등한 사회적 지위를 확보할 수 있습니다.

얘기가 좀 길었지만, 그러니 우리라고 해서 예외가 될 수는 없습니다. 전통에서 이것을 대표하는 것 가운데 하나가 이른바 삼강(三綱)으로, 임금과 남편과 아버지가 각각 신하와 아내와 자식에 대하여 각각 기준이 된다는 윤리입니다. 물론 오륜(五倫)이나 삼종지도(三從之道)에도 이러한 남녀 관념이 반영되어 있습니다.

따라서 전통적인 남녀 관념은 해당 시기에 사회적 관습으로 드러나고, 그 관습은 예속이나 풍속이란 이름으로 사회 질서를 규정하는 핵심 요소였습니다. 그래서 사회적 예법이 무너지면 전통적 사회 체제가 무너진다고 여겼기 때문에 관습을 중요시하였습니다. 단순하게 보이는 옷차림이나 풍습 하나하나에 신분을 구별하는 이유가 바로 여기에 있었고, 다른 요소와 함께 남녀 관계도 엄격히 규정할 필요가 있었던 것입니다. 다음의 두 그림에 나오는 일반 평민의 복장과 양반이나 관료의 복장이 이러한 차이를 잘 나타내고 있습니다.

▷김홍도의 「주막」(국립중앙박물관)

상민이 돈이 없어서 그러한 옷만 골라 입는 것은 아닙니다.
상민 주제에 양반 복장을 했다간 예법을 어겼다는 이유로
곤욕을 치르기 일쑤이기 때문입니다.

▷신윤복의 「주사거배」(간송미술관). 강명관의 앞의 책, 96쪽.

그렇다면 현대의 우리는 이런 윤리에서 얼마나 자유로울
까요? 자, 남성과 여성의 이러한 전통적 관념이 한국인들의
삶에 얼마만큼 남아 있을까요? 자신은 정작 남녀 평등을 주
장하거나 남성과 여성의 고정적 성 역할을 배격하면서도, 이
러한 남녀관에 철저하게 사로잡혀 있지는 않는가요? 일례로
남녀가 서로 사랑해서 혼인하려고 할 때 다수의 여성들, 그
가 전통에 대하여 어떤 입장을 가지고 있든 상관없이, 내심
남성이 먼저 프러포즈를 하기를 바랍니다. 이것은 남성이 적
극적이고 여성은 소극이라는 전통 관념의 연장이기도 하지
만, 서구적 기사도(騎士道. chivalry)와도 무관하지 않습니다.

허나 기사도 역시 여성은 나약하고 남성으로부터 보호받아야 하는 존재라고 보는 점에서 전통적 남녀 관념이 반영된 태도입니다. 또 직장 남성의 경우 회식 자리에서 여자 동료들에게 술을 권하거나 늦게 귀가하는 것을 대수롭지 않게 생각하다가도, 자신의 부인이나 딸이 직장 동료로부터 권하는 술을 받아먹거나 늦게 귀가하는 것을 못마땅하게 여기는 것도 그런 이중적 태도입니다.

게다가 진보적 여성 단체에서는 교육에서 남성은 본질적으로 씩씩하고 여성은 온순하다는 점을 교육하는 것, 심지어 교과서의 삽화에서 여자 어린이들이 치마를 입고 있는 그림이 많은 것 등도 성 차별이라고 규정합니다. 다양성을 존중한다는 측면에서 볼 때, 이러한 방식의 교육이 너무 전통 편향적인 것으로 여겼을 것이라고 짐작됩니다. 공감하는 바가 있습니다.

문제는 행동과 생각의 이중성입니다. 물론 예외는 있겠지만, 정작 자신들은 가정이나 사회에서 힘든 일을 만나면 '나약한 여성'에 대한 배려를 요구하면서도, 여성을 나약하게 대우하는 현실에는 분개한다는 점입니다. 남성 또한 그런 점에서 자유롭지 못한 구석이 있습니다. 남자는 원래 씩씩하고 굳세니까 연약한 여성을 보호하고 자기 스스로 위험을 감수하는 것이 남성답다고 여기면서, 정작 본 모습은 상대 여성보다 더 나약하고 보호받기를 원하는 남자들이 꽤 있습니다. 적절한 예가 될지 모르지만, 야외에서 데이트하다가 날씨가 싸늘해지면 내심 싫으면서 남자답게 보이기 위해 자신의 겉옷을 벗어 여자에게 덮어주고 나중에 감기에 걸려 후회하면서 상대 여자에게 동정을 바라는 남자 말입니다. 반면 평소 남이 자기를 여리고 가냘프게 대우하는 점에 분개하다가도, 사귀는 남자의 이런 배려에 감동하는 여성들도 있습니다.

이 같은 의식을 만든 것은 모든 남성은 양의 성향이 있고 모든 여성은 음의 성향이 있다는 획일적 사고입니다. 반대로 전통적인 남녀관은 아예 쓸모없다는 생각도 극단적입니다.

하여튼 전통에는 아직도 유효한 구석이 있고, 전통과 반대로 음의 요소가 월등히 많은 남성도 있고 양의 요소가 많은 여성도 있습니다. 여성이 적극적으로 프러포즈를 할 수도 있고, 남편이 집안에서 살림을 하고 여성이 직장에 나가 돈을 벌어올 수도 있습니다. 과거의 관념 기준으로 볼 때 여성 같은 남자도 있고 남성 같은 여자도 있습니다. 시대는 변했습니다. 그래서 전통에 대해 자유롭습니다. 전통을 따른다고 우쭐대서도 안 되지만 따르지 않는다고 비난할 수도 없습니다. 왜냐하면 남녀 관계를 과거처럼 일률적으로 규정할 수도 없겠지만, 현대 철학적인 입장에서 볼 때도 전통적인 규정이 반드시 옳은 것은 아니기 때문입니다. 또 고정된 예법으로 사회를 통제할 수도 없는 이유도 사회가 너무나 다양해졌기 때문입니다.

따라서 오늘날 입장에서 선녀가 적극적으로 나무꾼을 앞장서 나가도 전혀 문제될 것이 없습니다. 여성이 가정에서 적극적으로 활동한다고 해서 꼭 혼인 생활이 비극으로 끝나지는 않을 것입니다. 그러나 문제가 되는 것은 과거처럼 남녀에 대한 생각을 버리지 못하고 행동하거나 일정한 기준 없이 자기 편리한 대로 행동하는 것입니다. 전자가 나이든 사람들의 행동이라면 후자는 젊은 사람들의 행동에 해당됩니다. 이 경우 남자나 여자 모두 비극입니다.

그러나 어쨌든 우리의 생활 방식에서 전통적 관념이나 관습에서 완전히 자유롭지 못한 것은 사실입니다. 문제는 전통적 태도를 따른다고 찬양해서도 안 되지만, 따르지 않는다고 비난해서도 안 된다는 점입니다. 전통에 대한 사회적 규범이나 합의가 없기 때문입니다. 대개 전통은 관습 형태로 남아 있는데, 관습이란 바람직한 정신에서 벗어난 껍데기가 많기 때문에, 관습을 따르지 않는다고 비난하는 것은 정당하지도 않습니다. 반대로 특별한 대안도 없이 관습을 따르는 일을 무가치하다고 단정하기 어려운 것은, 아직도 많은 사람들이 따르는 데는 나름대로 눈에 보이지 않는 순기능이 숨어 있기 때문일 겁니다.

문제는 남녀의 성 역할이 개인의 성격이나 처한 위치 그리고 상황에 따라 다를 수 있고, 당사자의 가치관의 문제임과 동시에, 자신의 삶이 그 가치관을 비판하면서 합리적으로 이해하고 받아들이는가에 달려 있습니다. 획일적인 남녀의 성 역할을 강요하는 것은 또 다른 차별을 낳습니다. 그래서 이런 경우에도 전통은 여전히 사람들의 의식을 일정 정도 지배하고 있어서, 부정하고 싶어도 강력한 영향을 미치고 있습니다. 전통이란 바로 그런 것입니다. 여러분이 용기 있는 진정한 자유인이 될 때 그것을 마음대로 이용하거나 폐기할 수 있습니다.

현대 사회와 혼인

그렇다면 우리는 다음의 문제, 곧 '관습에 반하는 혼인은 과연 비극을 초래하는가?'라는 질문에 답할 때가 되었습니다. 이미 절반 이상은 앞의 논의에서 답을 준 것 같습니다. 사회적 관습이 획일적인 가치관으로 지배하던 전통 사회에서는 확실히 그럴 확률이 높다고 말할 수 있겠습니다. 가령 서양 중세 사회에서 기독교적인 가치관에 따른 관습을 배제하면 당시 사람들의 삶을 설명할 수 없는 것과 마찬가지로, 불과 몇 십 년 이전의 우리 전통 사회도 유교적 관습을 떠나서 삶을 설명하기 어렵습니다. 획일적인 하나의 세계관이 작동되는 사회에서 그 사회가 요구하는 논리를 떠난 혼인 행위는 사회가 용납하지 않습니다. 고로 그런 혼인의 당사자는 불행해질 수밖에 없습니다.

그러나 현대 사회는 그런 관습에 대해서 좀더 유연합니다. 획일적인 관습을 강요하지도 않지만, 다양한 가치관과 습속이 공존하기 때문에 전통적 관습에 반한다는 것 차체가 사회적 파장을 크게 일으키지 않습니다.

그럼에도 불구하고 혼인은 신분의 차이가 별로 나지 않는 같은 계층끼리 혼인하는 것이 좋고, 신분의 차이를 극복하여 혼인 생활이 행복하게 지속되는 경우는 드물다는 관점은 주로 경험에 의하여 형성된 것이지만, 상당히 설득력이 있는

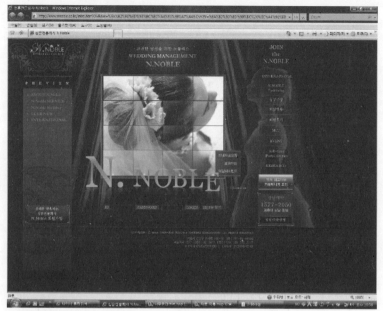

▷어느 인터넷 중매 사이트.

것 같습니다. 그래서 혼인은 끼리끼리 하는 경우가 많습니다. 현대 사회는 결국 재산(돈)이나 대중의 인기, 권력, 능력(학벌), 미모 등이 신분을 결정하겠지만, 이런 것들이 없는 사람들은 좀처럼 이런 사람들과 혼인이 성사되지 않습니다. 재산과 재산, 권력과 권력, 미모와 미모가 짝을 이루어 혼인이 성사되기도 하고 재산과 미모, 인기와 능력, 권력과 재산, 학벌과 재산이 서로 교차하면서 각각 순서쌍을 이루어 혼인이 이루어지기도 합니다.

이런 현상을 두고 '나무꾼과 선녀'의 양상, 곧 능력 있는 여성과 무능한 남성은 혼인 생활에 성공할까라는 질문을 생각해볼 수 있습니다. 능력 있는 여성이 무능한 남성과 혼인할 이유도 없지만, 그것을 가능케 한 것이 기만적 전략이었다면 이러한 질문을 할 수 있습니다. 결론부터 말한다면 실패할 확률이 크다고 봅니다. 남성에게 다른 특별한 것이 없고 마지못해 남성이 여성의 유능함과 맞먹는 외모나 마음씨 또는 훌륭한 인격이라도 있으면 모르되, 그렇지 않으면 십중팔구 깨질 수밖에 없습니다.

지금은 21세기이지 유교적 가치관이 강하게 작동하는 조선시대가 아닙니다. 유능한 아내가 무능한 남편을 적절한 이유로 버릴 수도 있고, 남편이 죽은 뒤 재가해도 그 여자의 자손들에게 조선시대처럼 출세 길이 막히지 않습니다.

또 남자가 기만하지 않았는데 여성 자신이 스스로 기만당해 혼인한 경우도 그런가요? 가령 젊은 시절 남자의 외모에 홀딱 반하거나 재산이 많다는 소문만 듣고 혼인한 경우 말입니다. 나중에 알고 보니 재산도 없고 평생 백수로 살면서 무능하기 짝이 없는 남편을 데리고 사는, 상대적으로 남편보다 유능한 여성의 경우 말입니다. 이에 대한 답도 경험적으로 말할 수밖에 없는데, 더러는 이혼한 가정도 있고, 남편이 알코올 중독으로 일찍 죽거나 마지못해 고생만 죽어라 하고 데리고 사는 불행한 여성들을 주변에서 종종 봅니다.

그리고 남녀 스스로 상대에 대해 환상을 가지고 스스로 기만당한 경우도 불행한 결과를 초래하는 모습을 보입니다. 이 경우 잘사는 커플도 있지만 그렇지 못할 때는 자신은 잘나고 유능한데 상대가 형편없다고 판단하는 일이 다반사입니다.

　그러니까 현대 사회라 하더라도 본질적으로 신분의 차이, 곧 경제력이나 학력, 능력 등을 무시한 혼인은 아직도 강한 금기로 작동됩니다. 다시 말해 혼인에서 배우자를 고르는 관습은 그 본질상 변함이 없고 오히려 더 첨가되고 있습니다. 나무꾼이 선녀와 혼인해서는 안 되는 이유가 지금도 철옹성처럼 단단히 작용한다는 말입니다. 아니 인간이 권력을 행사하는 제도와 사유 재산 제도가 없어지지 않는 한 영원히 지속될 것처럼 보입니다.

　이렇듯 관습에 반하는 혼인은 애초부터 성립할 수 없다는 것이 민담 전승자들의 생각이 아닌가요? 그래서 나무꾼과 선녀처럼 관습을 위반하는 혼인은 비극을 초래하는 것으로 결론지었을 것입니다. 아직도 이것은 우리의 이야깃거리며 현실적으로 이루어질 수 없으니까, 텔레비전 드라마나 소설 등을 통하여 신데렐라 같은 인물을 양산해서 대리 만족을 시키기도 합니다. 그래서 아직도 일부 남성들 가운데는 평강 공주를 기다리고, 또 일부 여성들 가운데는 백마 타고 오는 왕자를 기다릴지 모르겠습니다. 이들에게 꿈을 깨라고 말한다면 너무 가혹한 처사인가요? 그래도 희망은 있습니다. 조건에 맞는 것이 아무것도 없더라도, 대신 자신의 능력을 키우라고 말해줄 수 있기 때문입니다. 가난하고 못생기고 키 작은 사람들이여 부디 힘을 내십시오!

혼인하지 않고 혼자 사는 것

이제 우리는 '혼인은 꼭 해야 하는가?'라는 질문에 대한 답을 들을 때가 되었습니다. 이 문제에 대한 답을 하기 전에 현대인의 비극 가운데 하나를 말해보겠습니다. 그 비극은 다름 아닌 이상적인 남성과 여성에 대한 각자의 눈높이를 높여놓았다는 점입니다. 무슨 말인고 하니, 대다수 젊은이들이 어릴 때부터 텔레비전이나 영화 또는 인터넷을 통하여 잘생기고 예쁘고 돈 많은 부자들을 주로 보아왔기 때문에, 그런 잘생긴 여성이나 남성, 부자를 자신의 짝으로 맞이하기 위한 특별한 능력이 없는 보통의 남성들과 여성들, 특히 그들이 젊거나 어린 청년의 경우에는 웬만한 사람이 그들의 마음에 차지 않는다는 점입니다. 너무 잘생기고 예쁘고 날씬한 미남 미녀들만 보면서 자랐기 때문에 자신의 이상형도 그런 사람 가운데서 찾으려고 합니다. 허나 현실은 그렇지 못합니다. 그런 사람을 배우자로 맞을 특별한 능력이 없는 사람은 끝없는 좌절 속에서 살 수밖에 없습니다.

그런데 못생긴 사람이 죽으라는 팔자는 없는 법, 성형 수술로 자신의 얼굴을 예쁘게 만들 수 있게 되었습니다. 기만, 곧 합법적 기만을 사용할 수 있게 되었다는 점입니다. 이제 웬만큼 밥 먹고 사는 집의 자녀들은 미모까지 갖출 수 있게 되었습니다. 키만 자라주고 부지런히 노력해서 살만 뺀다면 말입니다. 그래서 잘사는 동네의 길거리에 나가서 지나가는 사람들을 유심히 보면 모두 잘 생겼습니다. 이런 동네에서 잘 생긴 건 선택이 아니라 필수입니다. 비단 부자 동네가 아니더라도 이제는 잘 생긴 사람들을 자주 볼 수 있습니다. 돈이나 능력, 웬만한 재주 없이는 이제 잘 생긴 것만 가지고 혼인 시장에 명함 내밀기는 점점 어려울 듯싶습니다. 돈이나 능력 그리고 재주가 있는 사람은 혼인도 쉽지만, 미모도 안 받쳐주고 가진 것도 능력도 재주도 없는 사람은 혼인하기 힘들게 되었습니다. 게다가 직장조차도 없다면 더욱 그렇습니다.

만약 혼인을 꼭 해야 한다면, 어떤 수를 써서라도 혼인할 것입니다. 없는 사람은 없는 사람끼리, 못난 사람은 못난 사람끼리 말입니다. 그런데 그렇지 않는 모양입니다. 굳이 그렇게 해서라도 혼인하려고 하지 않습니다. 혼자 사는 독신이 점점 늘어납니다. '초라한 더블보다 화려한 싱글이 낫다'는 유행어가 생긴 지도 이미 오래되었습니다. 신붓감이 모자라서 농촌 총각은 외국에서 신부를 수입해서 맞아들인 지도 오래되었습니다. 그래서 이제는 단일 민족 운운하면 안 됩니다. 명실 공히 다민족 국가가 되었습니다.

사람이 혼인하지 않고 독신 생활을 하는 데는 이렇듯 자신의 이상에 맞는 사람이 없기 때문에, 아니 있어도 그런 사람과 혼인할 수 없기 때문에 독신으로 지내는 사람도 있지만, 실은 다른 이유도 많습니다. 자신이 좋아하는 일 때문에, 혼인 생활에서 구속받기 싫어서, 특히 아직도 우리나라에서는 가정에서의 역할이나 가사 노동 등 가정 생활이 여성에게 불평등하기 때문에 섣불리 혼인을 생각하지 않는 사람들도 있습니다.

신혼부부 1쌍당 평균 결혼비용

(단위:만원)

구분	비용
주택	8571
예단 예물	1558
가구 가전	1157
예식장	1025
신혼여행	352
피로연	112
약혼식 및 함들이	77
기타	92
계	12,944

자료:보건복지부 2005년 기준 조사

그런데 더 큰 이유는 혼인할 경제적 준비가 안 되었기 때문인 경우도 많습니다. 혼인할 나이는 되었지만, 아직 경제적으로 독립을 못해서 가정을 이룰 수 없는 젊은이들이 많기 때문입니다. 비용이 많이 들기 때문입니다.

다음의 표는 몇 년 전의 통계지만, 혼인이 무척 힘들다는 것을 나타냅니다. 그것은 특히 부동산 가격의 상승과 함께 안정적인 직장이 없는데다 비정규직 직장이 늘어나고 있으며 더군다나 그마저 찾기 힘들기 때문입니다. 더 자세하게 말한다면, 기성세대 그것도 가진 자들의 횡포가 이 젊은이들의 미래를 빼앗아먹었기 때문입니다. 비정규직이 늘어나는 것은 기업가의 이윤을 늘이기 위한 것이며, 부동산 투기는 가진 자들을 더 부자로 만들고 없는 자들을 더 가난하게 만드는 일이기에 그렇습니다. 비록 부동산 투기를 하지 않았지만, 가격이 뛰는 바람에 가만히 앉아서 집값이나 땅값 상승으로 이득을 보는 것도 기성세대입니다. 부잣집 자식들은 이상형인 짝과 혼인도 하고 살 집도 부모가 마련해주겠지만, 가진 게 없는 집의 자식들, 그리고 자신의 능력도 탁월하지 못한 청년들은 영락없는 나무꾼 신세가 아닌가요? 그래서 이런 나무꾼들이 혹 선녀를 꿈꿀까요? 제발 날개옷이라도 훔칠 수 있는 행운이라도 있었으면 좋겠다고 생각할까요? 아니면 혼인을 포기하고 살까요?

요즘 대학교를 졸업해도 취직을 못해 혼인은 엄두도 못 내는 청년들이 많다고 합니다. 대학까지 나왔는데 이들이 능력이 없을까요? 다행히 부모에게 집이 있고 밥이나 제때 먹을 정도의 재산이 있다면 그마나 부모에게 얹혀살겠지만, 혼인을 한다면 이야기는 달라집니다. 독립해서 자기 가정을 책임져야 하기 때문입니다. 다소 성에 차지 않더라도 겨우 직장이라도 얻으면 혼인해야 하고, 혼인하면 살 집을 마련해주어야 하겠기에, 부모는 집을 팔아 아들의 셋집을 마련해주고 부모도 셋집으로 이사하는 경우도 있다고 합니다. 이 얼마나 기막힌 노릇입니까? 하긴 필자도 직장을 다니면서 쥐꼬리만 한 박봉을 믿고 은행에 융자를 얻어 신혼살림을 차렸습니다. 사실을 말하자면 변변찮은 처지에 혼인할 엄두도 못 냈는데, 부모의 강요에 의해 혼인할 수밖에 없었습니다. 그때 혼인 준비를 위해 해놓은 게 전혀 없어서 무슨 낯짝으로, 무슨 염치로 혼인할 생각을 했겠습니까? 허나 필자에게는 비록 보잘것없지만 고정 수입이 보장된 직장이 있었고, 그나마 그때는 부동산 가격이나 집세가 지금처럼 뛰지 않았기에, 초라하지만 단칸 셋방에서 살아가는 것이 가능했는지 모르겠습니다. 그런데 직장도 없고 셋방이라도 얻어줄 부모가 없는 청년이라면, 지금처럼 모든 물가가 높은 때 과연 혼인할 수 있을까요?

혹자는 말합니다. 중소기업에는 일할 사람이 모자라 외국인 노동자들까지 들여와서 일하는 데, 좋은 직장만 찾으려니 그렇다고 말합니다. 그러니까 속뜻은 1970년대나 1980년대처럼 공장에 가서 일하면 되지 않겠느냐, 대학교만 많이 만들어 성적 나쁜 아이들까지 학력만 높여서, 예전처럼 바로 공장에 가서 일할 수 없는 사람만 많이 만들었다는 그 말인 것 같습니다. 물론 중소기업에 아직도 일자리가 많이 있습니다. 그러나 거기에 요즘 젊은이들이 만족할 만한 수입과 환경이 보장되는지 솔직히 모르겠습니다. 외국인들이 와서 일을 하니까 그 사람들 다 내보낸다면 그만큼 일자리는 있겠군요.

문제는, 놀았으면 놀았지 그런 돈 받고 그런 고생 못하겠다는 거겠죠. 이런 생각에는 그만한 이유가 있습니다. 왜냐하면 요즘 우리 대한민국의 학부모들은 아무리 가난하고 힘들어도 자식들만큼 잘 먹이고 잘해주려고 하잖아요? 시쳇말로 '똥 묻은 팬티'를 팔아서라도 아이들 대학까지 보내려고 하지 않습니까? 그뿐이겠습니까? 글로벌 시대에 그 정성이 넘쳐서 이젠 외국 유학은 웬만한 집에서도 보냅니다. 집안에서 그런 대접을 받고 자란 아이들이 '대학'까지 나와서 그런 직장으로 간다는 것은 정말로 큰 결심을 하기 전에는 불가능한 일입니다.

물론 예외는 있습니다만, 중소기업이 대기업에 밀리거나 그 횡포에 눌리거나 가족 경영으로 자기 성장의 기회가 없는 경우에는 미래를 맡길 꿈이라도 있어야 도전하겠지요?

아직 직장이 뭔지 사회가 뭔지도 모르는 청년들에게, '네가 중소기업에 들어가 크게 성장시켜 대기업으로 키우면 된다'고 말하는 것은 참으로 어처구니없고 가혹한 주문일 수도 있습니다. 1970년대면 가능한 이야기일 것입니다. 그때는 경제 개발이 한창 진행되던 때였고, 연평균 경제 성장률이 10% 안팎이니 경쟁 상대도 별로 없고 노동조합도 없고 정부의 지원도 커서 기업하기 좋은 때였습니다. 그러니 지금 청년들에게 예전에 자기 부모 세대처럼 살라고 말하는 것은 위험한 발상입니다.

차라리 그런 발상보다 각자의 소질과 창의성을 계발하는 교육을 통하여 다양한 일자리를 스스로 만들고 앞서가는 산업에 종사할 인재를 키우는 일이 급선무입니다. 그러니까 이전처럼 죽어라 주입식 공부만 시켜 인재를 키우겠다는 발상은 청년 실업을 해소할 방안이 못 된다는 것이죠.

더 중요한 것은 자기 스스로 진로를 개척하는 인재를 육성해야 합니다. 세상은 급변하고 어제의 좋은 직업이 반드시 내일의 좋은 직업이 된다는 보장도 없기 때문에, 스스로 새로운 직업을 도전적으로 만드는 사람으로 교육시켜야 한다는 것입니다. 문제는 교육이 정작 이런 일을 못하고 오로지 대학 입학시험을 위해 총력을 기울인다는 것이지요. 나아가 그렇게 힘들게 들어간 대학에서는 몇몇 국가 기관의 종사에 관련되거나 돈벌이에 인기 있는 학과에만 수강생이 미어터지고 말입니다. 다 법관이나 의사나 공무원만 될 수는 없잖아요?

어쨌든 직장을 갖지 못해 혼인을 못하는 사람들이 늘어나는 것은 기정사실입니다. 인구 감소에도 이런 문제가 한 몫할 것입니다. 혼인할 나이가 되어서 혼인할 수 없는 것은 개인의 문제만이 아니라 사회와 국가의 장래와 관계된 문제입니다. 개인의 문제를 모두 국가가 책임지라는 뜻이 아니라, 국가는 이들에게 꿈과 비전을 제시하고 희망을 안겨주어야 한다는 말입니다. 당장 생활에 필요한 자금을 지원해주는 것도 중요하지만, 이들이 마음 놓고 믿고 일할 수 있는 직장을 마련해주는 것이 더 큰 일입니다. 그것이 중요한 사회적 자본이 될 수 있으며 한국의 경쟁력을 한층 높이는 일입니다.

　이렇게 혼인하고 싶어도 못하는 현실과는 달리, 전통 시대에는 혼인이 필수이고, 우리 나무꾼과 같은 어려운 처지가 아니라면 혼인하는 데 큰 어려움을 겪지 않았습니다. 왜냐하면 끼리끼리 짝을 찾았으니까요. 양반은 양반끼리, 상민은 상민끼리, 그리고 노비는 노비끼리 말입니다. 그리고서 자식을 낳아서 가문을 이어갑니다. 가문이 없는 노비들도 혼인을 마다하지 않고, 자식을 낳아 대대로 노비가 되어 주인이나 관청의 일에 봉사하니 얼마나 갸륵했습니까? 그리고 사회보장이라는 것이 없던 당시에는 노후에 자식의 봉양도 받아야 합니다. 자식이 일종의 보험인 셈입니다. 특히 몸을 의탁하기 위해서라도 여자에게 혼인은 피할 수 없는 것이었습니다. 재산 상속이 남자를 중심으로 이루어지기 때문에, 여자가 혼인하지 않고서는 나이 들어 부모가 죽고 나면 갈 곳이 없습니다. 일단 혼인이 이루어지면 출가외인이요 시댁 식구

가 되어 거기서 살아야 합니다. 여생이 편안하려면 자식, 그
것도 아들 낳는 것은 필수입니다. 그러고 세월이 흐르면 당
당한 안주인이 됩니다. 그래서 여성들이 혼인하지 않고 달리
사는 방식이 없었습니다. 혼인은 선택의 여지가 없는 운명과
같았습니다.

이렇게 기능적으로 볼 때도 혼인이 필요하지만 철학이나
종교의 가르침에도 혼인은 천리, 곧 하늘의 뜻으로 여겼습니
다. 기독교『성서』의 「창세기」에도 신이 인간을 창조해놓고
'생육하고 번성하여 땅에 충만하라. 땅을 정복하라'고 한 것
이나,『주역』에서도 '천지의 큰 덕을 일러 생(生. 낳음)'이라
하고, '낳고 낳는 일을 일러 역(易)'이라고 하여 만물만이 아
니라 인간도 혼인해서 자식을 낳아 세대를 이어가는 것을
당연한 일로 보았습니다. 그것이 후대 성리학에서 말하는 천
리, 곧 하늘의 이치입니다. 따라서 누구도 하늘의 이치를 어
겨서는 안 된다고 생각했습니다. 그래서 혼인하지 않는 승려
들을 '외도이단'으로 여겨 배척한 것도 하나의 이유가 됩니
다. 그러니 나무꾼과 같은 못난 사람도 어떻게든 혼인하지
않을 수 없었습니다.

그런데 요즘 같은 세상에 혼인을 꼭 해야 할까요? 바보 같
은 질문이지만, 그 답은 선택의 문제입니다. 독신 생활도 마
음먹기에 따라서는 충분한 매력이 있습니다. 성욕과 같은 욕
망을 충족시켜야 한다면, 혼인하지 않고 다른 독신남이나 독
신녀와의 연애를 통해서 얼마든지 가능합니다. 나무꾼처럼
날개옷은 훔치되 꼭 선녀를 따라 하늘나라까지 따라갈 필요

도 없습니다. 제 발로 가버리니 얼마나 좋습니까? 혹 운이 좋다면 다른 선녀를 만날 수도 있습니다. 짝짓기는 하되 혼인하지 않는 것, 짝짓기가 끝나면 상대와 '쿨'하게 헤어지는 것, 그것을 요즘 일부 청년들은 혼인보다 더 좋아합니다. 혹자는 짝짓기할 여성을 구하지 못해 돈으로 해결하려다 '성매매금지법'을 위반하는 바람에 망신을 당하기도 합니다.

이런 사람들은 한 사람과 혼인해서 자기 배우자에게 얽매일 필요가 없습니다. 자유롭게 살면 됩니다. 자식은 이미 인기 있는 보험이 못 된 지 오래되었습니다. 젊었을 때 인생을 즐기면서 살다가 노후에 힘이 없으면 쓰다가 남은 돈 갖고 복지 시설에 들어가면 됩니다. 자식 있는 사람들도 어차피 누구나 그렇게 할 것인데 굳이 혼인까지 할 필요가 있습니까? 어차피 직장도 없고 돈도 없다면 말해 무엇 하겠습니까? 혼인하면 피치 못하게 아이들까지 생길 테고 그러면 보살피고 학비를 걱정해야 합니다. 요즘처럼 학비가 비싼 때가 어디 있던가요? 학원에다 외국 연수에다 애들이 보채면 외국 유학까지 시켜야 하니, 원 누가 그런 밑지는 장사를 하겠습니까? 혼자 사는 것에 비해 비용이 너무 많이 듭니다. 다 미친 짓입니다. 무자식 상팔자고 혼자 사는 게 신선놀음이요 장땡입니다. 그래서 아이를 낳지 않아 인구가 줄어들어 걱정되는 데에 이런 이유도 한 몫 할 것입니다.

그래도 혼인을 꼭해야 한다면 아마 이런 이유일 것입니다. 우선은 상대를 너무 사랑한 나머지 혼인해서 같이 살지 않고는 못 배길 것 같아서 하는 경우입니다. 그런 신혼의 달콤함이 없이 고달픔만 있다면 누가 혼인하겠습니까? 사실 아이만 없다면 혼자 사는 것보다 둘이 사는 것이 더 경제적일 때가 많습니다. 최소한 새로운 상대와 연애할 때마다 드는 비용을 줄일 수 있고, 밖에서 해결해야 할 많은 일들을 집안에서 해결하면 그만큼 비용이 줄어들 때도 있습니다.

그러나 혼인해서 살아보시면 알게 되겠지만, 혼인 생활이 그리 달콤한 것만은 아닙니다. 그런 사랑의 감정이 몇 년 아니 몇 달이 갈지 아무도 모릅니다. 혼인 생활이란 언제나 달콤한 꿀 같은 세월의 연속이 아니기에 하는 말입니다. 서로 이해하고 배려하지 않으면 한시도 편안하지 않은 것이 가정 생활입니다. 좋은 점도 많지만 어떤 면에서 혼인은 무덤입니다. 총각이나 처녀로 살 때처럼 자기 마음대로 할 수 있는 일이 줄어듭니다. 대부분의 일을 자기 아내나 남편과 의논해야 합니다. 의견이 맞지 않아 충돌할 때도 생깁니다. 자라온 환경이 다르기 때문이지요. 그리고 혼자 살 때는 없었던 일들이 생겨납니다. 자식이 생기고 자라면 일은 그만큼 더 생깁니다. 생각하기에 따라서는 그만큼 성가시고 돈도 많이 드는 일도 없습니다. 이런 일들을 모두 이겨내야 합니다. 그렇지 못하다면 혼인 생활은 성공하지 못하고, 선녀가 날개옷을 입고 도망가거나 나무꾼이 가출하거나 아니면 합의 아래 헤어지기도 합니다.

따라서 혼인은 성숙한 사람이 될 수도 있다는 증표입니다. 물론 인격적으로 독신자보다 못한 기혼자도 있지만, 혼인해서 훌륭한 인격을 갖추는 것은 독신자의 그것에 비할 바가 아닙니다. 굳이 낫다고 말할 수는 없어도 질적으로 다르다고 말할 수 있습니다. 혼인하면 이런 성숙한 인간이 될 수 있다는 게 그래도 밑지는 장사는 아니라고 할 수 있습니다.

또 혼인하게 되는 것은 다름 아닌 전통의 영향이 크기 때문일 것입니다. 아무리 혼인하고 아이를 낳고 키우고 교육시키는 데 돈이 들더라도, 안락함을 누리고 소속감을 가지며, 의지하고, 고독이나 외로움에서 벗어나 위로 받을 수 있는 데는 그래도 가정입니다. 혼자 사는 것보다 가정이라는 것이 있음으로 해서 더 행복하기 때문에, 아직도 다수의 사람들이 혼인하는 쪽을 택하지 않을까요? 인류의 발명품 가운데 이같이 수많은 임상 실험을 거친 것이 또 어디 있을까요? 그래도 이 방식이 인간에게 유리하니까 전승된다 이 말입니다.

게다가 사람들은 자신의 지위나 권세, 요즘 식으로 말하면 재산을 그 누구도 아닌 자식을 통해서 물려주려고 합니다. 특히 유교 문화권에 이런 가족주의 전통이 강합니다. 이것은 자식을 낳아 제사를 통하여 가문을 잇는 것과 연관되어 있습니다. 경제적으로 말한다면 사유 재산 또는 자본을 물려주기 위해서입니다. 잘사는 사람들, 재벌가의 자식들에게 왜 혼인이 필수가 되는지 이해되는 대목입니다. 이들에겐 혼인이 새로운 기회입니다. 자신들의 세력이나 영향력을 확대시킬 수 있는 기회가 되기 때문입니다. 이들은 혼인 관계를 통해 지배 영역이나 힘을 키워나갑니다.

그러니까 어쩌면 독신이란 현대판 나무꾼이 어쩔 수 없이 하게 되는 선택일 수 있습니다. 혼인할 능력은 있는데 자신의 철학이나 원칙이 독신주의자라면 어쩔 수 없는 일이지만, 혼인할 형편이 못 돼서 혼자 사는 가난한 사람들이나 장애인들에겐 독신 생활이 가혹하면서도 억울한 형벌과 같습니다. 그래서 '혼인은 꼭 해야 하는가?'라는 질문에 대한 답은, 오늘날에도 여전히 긍정적으로 할 수밖에 없지만, 혼인을 꼭 해야 한다고 획일적으로 강요할 수는 없고 강요해서도 안 되는 일입니다. 현대인들은 그런 획일적 가치관에 얽매이지도 않지만, 경제적으로 혼인할 여건이 되지 않는 사람들에게 대책 없이 강요할 수 없기 때문입니다.

기만은 어디까지 허용되는가

이 이야기에서 최초의 기만(속임수)은 나무꾼이 선녀의 날개옷을 훔쳐 혼인함으로써 시작된 것은 아닙니다. 그보다 먼저 기만은 나무꾼이 사슴을 숨겨줌으로써 사냥꾼을 속이면서 시작되었습니다. 이 점은 기만이 전적으로 나쁜 것만은 아니라는 것을 나타내는 민담 전승자들의 가치 의식을 드러내는 대목입니다.

자, 이 점을 생각하면서 우리는 두 번째로 큰 질문 곧, '기만은 반드시 나쁜 것인가?'라는 질문에 대한 답을 들을 차례가 되었습니다. 기만의 사전적 뜻풀이는 '남을 속임'입니다. 그리고 '속이다'의 사전적 풀이는 '거짓을 참으로 곧이듣게 하다'입니다. 그러니까 기만은 남에게 거짓을 참으로 곧이듣게 하는 것이 되겠습니다.

우선 '기만은 반드시 나쁜 것인가?'라는 질문을 분석할 필요가 있습니다. 여기서 '반드시'라는 말에 유의할 필요가 있습니다. 그 말이 들어가면 제한적 질문이 됩니다. 곧, 그 질문의 속뜻은 기만이 일반적으로 나쁜 것인데, 모든 기만이 다 나쁜 것이 될 수 있느냐고 묻는 내용입니다. 이에 대한 답은 적절한 예를 통하여 논의될 것입니다.

다만 일반적 질문 '기만은 나쁜 것인가?'에 대해 생각해볼 필요가 있습니다. 어떤 면에서 기만은 생물이 살아가는 방식과 깊은 관련을 맺고 있습니다. 오랜 진화 과정을 통해 생물 세계에서는 생존 경쟁이나 약육강식이 자연스런 현상이 되었습니다. 이 과정에서 기만도 일종의 전략으로서 유용하게 받아들여졌을 것입니다. 만약 이런 기만을 동물 세계의 그것처럼 인간 세계에서 스스럼없이 사용한다면 그야말로 인간 세계는 동물의 왕국과 다름이 없을 것입니다.

19세기 말에서 20세기 초에 유행하던 제국주의 논리인 사회진화론도 바로 이런 다윈의 생물진화론을 스펜서 등이 인간 사회에까지 확대 적용한 이론입니다. 특히 서양 제국주의가 아프리카나 아시아 식민지 인민들을 기만하고 착취하는 데 기여한 이론으로, 생물계의 생존 경쟁이나 우승열패가 인간 사회에도 그대로 적용된다는 이론입니다. 곧, 자본가의 착취와 대중의 빈곤, 백인의 유색 인종에 대한 침략과 정복, 지배는 자연의 법칙이라 주장하였습니다. 일본이 우리를 지배한 것도 바로 이런 논리입니다. 문화적으로 강하고 우수한 문명국인 일본이, 야만 상태인 조선을 서구 백인으로부터 보

호하기 위해 지배하는 것
도 당연한 일이라는 뜻이
지요. 후에 친일파가 된 이
광수도 사실 이런 논리에
대항하지 않고 조선이 일
본의 문명에 힘입어 강하
게 되어야겠기에 일본의 신
민이 되는 것을 인정할 수
밖에 없었습니다. 물론 이
러한 생각의 이면에는 일
본을 이용하여 조선인의 힘
을 키우자는 생각과 당시
조선 민중에 대한 그의 실

▷소설가 이광수(출처는 연합뉴스 2006년 4월 26일자)

망도 한몫했을 것입니다. 필자도 그런 것을 느끼니까요. 그렇다고 해서 일본의 식민 지배를 당연한 것으로 여겨서는 안 됩니다. 마치 독재 정권 시절에 민중이 무지하다고 해서 그런 정권을 당연하다고 여기지 않듯이 말입니다. 여기서 우리는 너무나 빈곤한 그의 지성을 발견할 수 있습니다. 소설 몇 편 쓴 문학적 재주로는 세상을 제대로 파악할 수 없는 지성의 한계를 극복하지 못한 것이지요. 예술가를 포함해 여타 지식인들이 왜 철학적 소양이나 역사 의식이 있어야 하는지, 그 이유를 이광수의 예를 통해 알 수 있습니다.

결국 약육강식의 동물 세계가 인간 사회에 적용되는 그런 사태를 '나쁘다'고 표현할 수밖에 없는데, '나쁘다'는 말 자체가 가치 판단이고 윤리적인 문제입니다. 그런 동물적 사태가 인간에게 적용되는 것을 막는 것이 가치 문제요 윤리와 도덕입니다. 그러니까 살아가기 위해서 사용하는 하나의 방식으로 기만을 이해하더라도 윤리적인 제재의 필요성이 요청됩니다.

그런데 우리는 아주 어릴 때부터 교육을 철저하게 시킵니다. '거짓말하면 나쁘다', '정직해라' 등으로 아이들을 훈계합니다. 착한 아이들은 그것을 금과옥조로 여기면서 도덕군자로 자라납니다. 그러다가 그런 아이들이 성인이 되어 현실의 벽에 부딪히는 것은, 세상이 반드시 배운 대로 돌아가지 않는다는 사실 때문입니다. 그래서 일부는 배운 것에 문제가 있다고 생각하고, 나아가 세상은 이 같은 기만을 적절히 사용해야 유지된다고 믿게 됩니다. 한 술 더 떠 아예 기만을 밥 먹듯 이용해 삶을 사는 가련한 인생들도 있습니다. 반면 아직 그것을 깨닫지 못하고 곧이곧대로 행동하다가 벽에 부딪히기도 하고, 순진한 사람이나 뭘 모르는 샌님으로 취급받아 왕따를 당하기도 합니다. 결국 학교 다닐 때 모범생이라 취급받던 사람들은 그래도 직업 속성상 덜 기만하는 쪽을 택하게 됩니다.

이런 점은 인류 역사에 통용되는 점이지만, 기만을 비교적 덜 사용하는 직업은 종교인, 학자, 교사, 예술가, 문학가 등이고, 합법적인 기만을 사용할 수밖에 없는 직업은 군인, 정치가, 외교관, 기업가, 상인 등입니다. 그래서 예전에 사농공상(士農工商)의 사민(四民) 가운데 사(士)인 선비를 최고로 여겼고, 그 다음으로 농민을 비교적 덜 기만하는 계층으로, 그리고 속성상 기만할 수밖에 없는 상인을 가장 천시한 것은 바로 이런 이유 때문입니다.

그러나 오늘날은 자본주의가 극도로 발전해서 가장 잘 기만하는 사람이 대접받는 사회가 되었습니다. 그것도 많은 상대가 기만당한다는 느낌 없이 기분 좋게 속아주도록 만드는 것이 유능하다고 평가됩니다. 마케팅이나 광고, 홍보, 포장, 판매 전략 등이 모두 이런 기만과 관련이 있기 때문입니다. 여기서 다만 합법적으로 인정되는 기만을 두고 얘기하는 것이지, 사기나 불법 상속 또는 기업주의 부도덕한 비자금 조성과 같은 범죄적 기만 행위 따위는 논외로 합니다.

그래서 정직하라는 대원칙을 강조하는 교육과 기만을 잘할수록 대접받는 사회 현실 사이의 간격은, 착하고 순진한 학생들을 혼란스럽게 만들고, 성인이 되어서도 이런 학생들이 사회에 적극적으로 참여하지 않는 비극적 현실을 만듭니다. 이른바 은나라가 망하자 수양산에 숨어 들어간 백이와 숙제 같은 사람만 대량으로 배출시킵니다. 더러워서 같이 살기 싫어 현실을 도피해 고고하게 사는 것 말입니다. 아니면 학교 교육이란 원래 엉터리라고 단정하고 쉽게 현실과 야합해버리기도 합니다. 바로 이것은 우리 도덕 교육의 문제이기도 합니다. 특히 이 점은 중등학교의 윤리 교육이 대학 입시를 위해, 사용되지도 않는 지식이나 학술 이론을 달달 외기만 시켰지, 실생활에서 그런 도덕적 판단을 훈련시키지 못한 결과이기도 합니다. 현실이 자신의 도덕관에 맞지 않는다고 도피하는 것도 문제지만, 자신의 도덕관이 과연 근거가 있는지 합리성이 결여되지 않았는지 반성해보는 태도도 중요하기 때문입니다. 그래서 어떤 경우든 도덕적 판단을 적절히 사용하며, 적극적으로 현실에 참여하는 인간을 육성하는 것이 중요하지 않은가요?

바로 여기서 기만을 사용할 수 있느냐, 해서는 안 되느냐에 대한 적절한 기준에는 유교의 상도(常道)와 권도(權道)라는 게 있습니다. 상도란 변할 수 없는 대원칙입니다. 가령 살인하면 안 된다, 거짓말하면 안 된다와 같은 것들입니다. 그러니까 원칙적으로 기만하면 안 되는 것입니다. 반면 권도란 일종의 상황에 따른 윤리입니다. 예를 들어, 선의의 거짓말은 할 수 있고 또 인간은 살인해서는 안 되지만, 강도나 적군에게 내 목숨이 위태로울 때 그를 죽이고 내가 사는 정당방위를 할 수 있습니다. 그러니까 똑같은 논리로 어쩔 수 없을 때, 불가피할 때는 기만도 필요하다는 이야기입니다. 맹자도 그런 얘기를 한 적이 있습니다. 그가 살았던 당시는 남녀가 서로 몸을 가까이 하여 물건을 주고받아서는 안 되는 것이 예법이지만, 형수가 물에 빠졌을 때 손을 잡아 건져주는 것이 권도라고 말했습니다. 이 경우 예법은 상도에 해당됩니다.

허나 이런 상도와 권도의 문제는 개인이나 사회에서 적용할 때 신중함과 성찰이 요구되는 분야입니다. 만약 성찰이나 신중함 없이 권도를 남용하게 되면 사회가 혼란하게 되고 안정적인 질서가 무너지게 됩니다. 잘못을 저지르고도 누구나 어쩔 수 없어서, 그때 그 상황이 그럴 수밖에 없었노라고 변명할 것이기 때문입니다.

이런 우려를 무시하면 흔히 우리는 엉뚱한 함정에 빠지게 됩니다. 가령 도덕보다 더 중요한 것은 먹고 사는 경제 문제라고 보는 견해입니다. 이 경우 그들이 단지 먹고살기 위해 어쩔 수 없이 기만을 사용하는 경우는 극히 드문 일이며, 실은 하나의 방어적 변명으로서 먹고살기 위해서가 아니라, 상대를 이기고 더 많은 이익을 챙기기 위해 기만적 전술로 사용하는 말입니다.

더구나 경제 활동에 방해된다고 기존의 가치나 절차, 원칙을 무시하고 실용적 이윤 추구에만 앞세운다면, 그 경제 활동으로 인한 이득이 합리적으로 분배되기 어려울 뿐 아니라 오로지 자본을 많이 투자하거나 전략을 잘 사용한 쪽으로 쏠리게 됩니다. 그것은 자본주의 속성상 그렇기도 하지만, 가치나 절차, 원칙이 무시된 경제 시스템의 필연적 결과이기도 합니다. 윤리나 절차, 원칙은 강자가 아니라 약자를 위해 더 필요하기 때문입니다. 강자는 그것들 없이도 살아갈 수 있습니다.

현실은 윤리나 도덕보다 법이 더 큰 힘을 발휘합니다. 인간이 한 점 기만도 없이 살아가기 힘들기에, 현명하게도 인간 사회는 이러한 기만의 방지를 도덕이나 양심에 맡겨두면서도 어느 정도 법적으로 허용하고 있습니다. 그 법이란 남에게 직접적인 피해를 주지 않는 범위에서만 그 행위를 인정합니다. 그런 기만을 뻔히 알고 속는 것은 속은 사람의 책임입니다. 가령 카드사나 보험사의 상품에 가입할 때 약관을 꼼꼼히 읽지 않고 회사측 설계사나 모집자의 설명만 듣고 계약한다면 낭패보기 십상입니다. 회사 쪽은 소비자가 보기에 일부로 작은 글씨로 희미하게, 가능한 좀 어려운 용어로 길게 약관을 만들어 제시하는 것 같습니다. 만약 소비자들이 대수롭지 않게 여기고 제대로 읽어보지 않았다면, 정작 사건이 터졌을 때 보상을 못 받거나 엉뚱한 피해를 보는 사례가 적지 않습니다. 만약 회사측 모집자의 과장된 선전을 입증할 자료가 없다면, 약관을 꼼꼼하고 세밀하게 읽지 않은 소비자의 책임으로 돌립니다. 약관을 읽기 어렵게 만든 것은 엄밀히 말하면 일종의 기만이지만, 그 자체로는 법적으로 기만의 요건은 되지 못한 사례입니다. 참고로 2007년 한 해 보험사와 소비자 간 보험 분쟁은 2만 5759건입니다. 그 밖에 광고나 홍보의 경우에도 이 같은 기만적 요소가 들어 있기도 합니다.

어디 이런 것뿐인가요? 인간 사회는 모든 것을 일일이 법으로 규정할 수 없습니다. 그 법을 집행하거나 합법적으로 일을 처리하는 과정에서도 기만은 여지없이 개입하기도 합니다. 과거 군대나 회사나 공무원 사회도 이 같은 기만적 현상이 적용되던 때가 있었습니다. 특히 군대 같은 곳에는 상명하복의 규율이 적용되는 특수한 사회이기 때문에, 이 같은 현상이 상관의 명령을 수행해야 하는 데서 생긴 일로서, 이른바 전시 행정(展示行政)이 그것입니다. 그 원조가 군대 사회라는 점입니다. 알맹이야 어떻든 우선 겉으로 보아서 윗사람의 눈에 들도록 만드는 일을 두고 한 말입니다.

일반 사회에서도 권력이 집중되면 이런 현상이 두드러집니다. 공무원 사회의 경우 기관장이나 책임자가 합리성을 바탕으로 일처리를 하지 않고 불도저식으로 밀어붙이기만 한다면, 공무원들은 눈치 보기에 급급하여 기만적 전시 행정이나 복지부동 자세의 유혹을 물리치기 어렵습니다. 회사 또한 기업가가 합리적 경영을 통해 사원들을 격려하고 독촉하지 않고 비합리적인 명령이나 인원 감축 등으로 위협한다면, 아랫사람은 기만을 통하여 무리수를 써서라도 위기를 모면하려 할 것입니다.

이런 기만적 행동은 가정 생활에서도 많이 볼 수 있습니다. 특히 아버지가 폭력적이고 거칠거나, 어머니가 아이들에게 지나치게 간섭하거나 잔소리할 때, 그 자녀들에게서 볼 수 있습니다. 아이들은 잘못이 발견되면 얻어맞거나 잔소리를 듣게 되므로, 그 순간만을 모면하기 위하여 거짓말을 하게 됩니다. 거짓말을 한두 번 해서 통하면 그 다음부터는 상습적으로 하게 됩니다. 반면에 허용을 잘하는 민주적 가정에서는 자녀들의 이런 모습을 볼 수 없습니다. 부모와 대화를 즐기며 자신의 감정과 생각을 솔직하게 털어놓습니다. 당연히 이런 가정의 아이들의 학력 수준도 높고 대화를 제대로 할 줄 알며 남을 존중할 줄도 압니다. 전자의 가정에서는 반대로 대화는커녕 폭력과 욕설로 갈등을 해결하려고 합니다.

마찬가지로 사회나 집단이 폭압적이고 비민주적일 때 구성원들 사이에 기만적 행위를 조장하게 됨은 우리 현대사에

▷맹자

서 이미 경험하였습니다. 부모나 교사, 기관장, 책임자, 관리, 지휘관, 기업가 등이 꼭 유념해야 할 사항입니다. 이러한 지배-피지배의 관계를 잘 알았기 때문에 일찍이 동양의 정치 사상에서는 힘이나 법으로 백성을 다스리는 것보다 덕으로 백성을 다스리는 것을 귀하게 여겼습니다. 맹자는 전자를 패도 정치, 후자를 왕도 정치라고 불렀습니다. 그래서 덕이 없이 폭압으로 백성들을 억누르는 왕은 더 이상 왕이라 할 수 없으니 쫓아내야 한다고 말했습니다. 바로 '혁명(革命)'이라는 말이 하늘의 뜻인 천명(天命)을 바꾼다는 의미로, 맹자가 이론적으로 발전시킨 개념이다.

동물의 세계

동물 세계에서 기만은 보편적 현상으로 보입니다. 동물학자들은 동물들도 의식이 있고 제한적인 사고를 하지만, 하등 동물로 내려갈수록 거의 무의식의 지배를 받는다고 합니다. 그런데 이런 하등 동물들까지도 나름대로 생존 전략을 탁월하게 사용합니다. 그 전략 가운데 하나가 보호색이나 위장술입니다. 그 전략에는 자신을 적으로부터 보호하기 위한 것도 있지만, 반대로 먹잇감을 유리하게 공격하여 포획하기 위한 것도 있습니다. 가령 곤충 같은 작은 동물에게서도 이런 기만적 전략이 발견되는데, 상대를 잡아먹기 위해 주변 상황과 어울리는 보호색은 기본이고, 주위 물체와 거의 똑같이 몸이 진화한 것들도 있습니다. 반면에 어떤 것들은 불가피하게 도망갈 수 없을 때는 죽은 시늉을 하며 가만히 있는 것도 상당 수 있습니다. 이것을 확인하려면 지금이라도 당장 밖에 나가 땅위에 기어다니는 벌레를 건드려보십시오. 틀림없이 그런 놈을 발견할 수 있을 테니까요.

이런 현상은 고등 동물로 올라올수록 더 치밀하고 적절하게 발견됩니다. 필자가 좋아하는 텔레비전 프로그램 가운데 「동물의 세계」라는 게 있습니다. 이 프로그램을 좋아하는 사람들이 꽤 있는 것으로 압니다. 그런데 사람들이 이 프로그램을 볼 때 무슨 각도로 보는지 궁금합니다. 왜냐하면 사람이 세상을 바라보는 시각은 각자의 눈높이에 따라 보기 때문입니다.

필자는 그것을 단지 흥밋거리로만 보지 않습니다. 자연 환경에 따른 동물 자체의 습성이나 생태도 관심의 대상이지만, 그런 습성이나 행동이 인간의 그것과 어떻게 같은지 다른지, 또는 그 동물의 행동이나 생태가 인간에게 그대로 적용되지 않는지 따져보기도 합니다. 다시 말해 동물을 통해 인간을 바라본다는 점입니다. 가령 무리 생활을 하는 동물들 가운데 짝짓기 전략의 경우, 수컷이 암컷을 자기의 짝으로 만드는

▷먹잇감을 노리는 맹수의 눈빛은 언제나 매섭고 진지합니다.

일은 주로 경쟁자를 제압하는 힘인데, 인간들의 경우는 어떠한지 생각해 봅니다. 아마도 그것은 기본적인 외모에서부터 돈, 권력, 가능성 등으로 표현 방식이 문화적으로 변형되기는 했지만, 본질적으로 인간이나 동물이나 암컷(또는 상대 배우자)을 안정적으로 대우해줄 것으로 기대되는 탁월한 능력에 의하여, 또는 경쟁자를 물리치고 차지한다는 점에서 유사점을 발견하곤 합니다. 다른 분야에서도 그런 점을 분명 찾을 수 있습니다.

그런데 초식 동물에 대한 육식 동물의 기만적 전략은 탁월하고 어떤 점에서 안타까울 정도로 그 인내심이 감탄스럽습니다. 가령 사자나 표범 같은 동물은 초식 동물을 잡아먹기 위해 처음부터 달려들지 않습니다. 왜냐하면 초식 동물이 빠르기도 하거니와 사자나 표범 같은 육식 동물들은 대개 오래 달리면 쉽게 지치기 때문이기도 합니다. 그래서 이들은 자신의 몸 냄새가 나지 않게 바람이 불어오는 반대쪽 풀숲에 숨어서 사냥감이 다가오기를 기다리거나 자신이 살금살금 조심스럽게 다가갑니다. 그래도 섣불리 뛰어나가는 것은 금물! 상대가 방심할 때를 기다립니다. 그러면서 조금씩 다가서서 그야말로 사정권 안에 들어올 때까지 몸을 최대한 숨겨 다가가거나 다가오기를 기다립니다. 그래서 기회가 오면 최후의 기습을 가합니다. 그래도 성공할 확률은 낮은 편입니다. 그래서 이들이 택한 전략 가운데 하나는 손쉽게 잡을 수 있는 초식 동물의 새끼나 병든 것들, 그것도 아니면 무리에서 멀리 떨어진 좀 멍청한 것들입니다.

이런 기만적 전략은 종종 상대 배우자에게까지 사용합니다. 동물적 개체는 가능한 많은 이성과 교미하고 자식 양육은 모두 상대에게 떠맡기기를 '바라고' 있다는 점이며, 많은 종의 수컷이 그와 같은 습성을 나타낸다고 합니다. 또 실제로는 십중팔구 수컷과 암컷을 포함한 모든 개체가 조금씩은 사기적인 성격을 가지고 있다고 합니다.

이렇듯 이런 종류의 기만적 전략은 동물들이 살아가는 데 생존을 위한 보편적 현상으로 보입니다. 동물에겐 윤리나 도덕이 없기 때문에 그런 기만이 좋다 나쁘다 판단할 수 있는 문제는 아닙니다. 그저 동물들의 생존 방식이나 생존 법칙으로 이해하면 되겠습니다.

필자는 가끔 지인들에게 인간 남성의 바람둥이들도 맹수들과 유사한 이런 전략을 사용한다고 농담으로 말하기도 합니다. 프로급(?) 바람둥이들은 여성의 인격이나 여성과의 멋진 또는 낭만적인 사랑 따위는 부수적인 일로 여기고 별로 관심도 없습니다. 마치 맹수가 먹잇감의 고통이나 아름다움 또는 어미와의 관계를 의식하지 못하고 고깃덩어리만 노리

듯, 바람둥이들은 유독 여성의 육체에만 관심을 갖습니다. 우선 그들은 아무 여성을 농락의 대상으로 고르지 않습니다. 이것이 그들의 첫째 원칙입니다. 빈틈이 없는 여자들은 절대 도 건드리지 않습니다. 동물적 감각으로 보기에 뭔가 허점이 있고 예쁘고 몸매도 좋지만, 다소 멍청하고 똑똑하지 못한 그런 여성을 고릅니다. 그리고 이들은 기만적 전략의 명수들 입니다. 자신의 어떤 매력에 깜빡 죽게 만듭니다. 일반적 남 녀 사이의 사랑의 행위에 비해 바람둥이는 상대를 자신의 밥, 곧 육체적 욕구 충족의 대상으로만 바라본다는 점입니 다. 그리고 일단 의도한 것이 성취되면 상대 여성이 자신을 붙들고 늘어지는 것을 딱 질색으로 여깁니다. 그 여성에 대 하여 쉽게 싫증을 느끼기 때문입니다. 그래서 이제 필요 없 는 먹잇감(동물에 비유하자면)을 처분하는 일만 남습니다. '쿨'하게 헤어지기 바랄 뿐입니다. 여성 독자들께서는 이런 남자를 꼭 조심하시기 바랍니다.

필자는 이런 현상을 단지 인간 바람둥이의 전략으로 비유 했지만, 동물 사회의 수컷에도 바람둥이형과 성실형이 있습 니다. 암컷이 이런 수컷의 기만을 알아차리는 데 한몫 하는 방법은 수컷의 최초 구애에 대해서는 특별히 까다롭게 대해 주고, 그 뒤 번식기를 겪을 때마다 같은 수컷의 구애에 대해 서는 점점 빨리 응하는 것입니다. 인간으로 치면 내숭과 같 은 역할입니다. 인간 여성이 남성이 구애한다고 쉽게 허락하 지 않고 여러 가지로 시험해보는 것과 같은 일입니다.

이런 암컷과 수컷의 기본적 차이는 바로 암컷과 수컷이라는 그 차이 때문입니다. 인간이나 포유동물의 입장만이 아니라 일반적인 동물의 암컷과 수컷의 차이를 특징짓는 것은 외관상의 모습이나 기능이 아니라 성 세포의 크기와 수를 가지고 판단합니다. 곧, 수컷의 성 세포는 작고 수가 많으며 암컷의 성 세포는 수컷에 비해 크고 수가 적다는 점입니다. 양쪽의 차이는 조류나 파충류에서 특히 뚜렷합니다. 계란이나 타조 알을 성 세포라고 생각하고 먹는 사람은 드물겠지만 말입니다. 자, 그러니까 성 차이에 따른 행동의 차이는 이 하나의 기본적 차이에서 파생한다고 하는데, 수컷은 어디에서나 가능한 한 많은 암컷을 통하여 자신의 유전자를 퍼뜨리려고 하고, 대신 암컷은 얼마 되지 않은 성 세포를 이용해 안정적으로 자신의 유전자를 남기려고 합니다. 곧 비용을 적게 들이고 효과를 크게 하는 경제적 논리가 적용되는 것입니다. 그러니 수컷은 암컷을 선택하는 데 신중함보다는 기회와 횟수를 늘림으로써 유전자의 전파 확률을 높이고, 반면에 암컷은 수컷을 경계하면서 쉽게 응하지 않고 수컷의 성실성과 생존 능력, 우량한 유전자를 탐색하여 유전자 전달의 확률을 높입니다.

인간 사회에서 정도의 차이는 있지만 이런 현상이 강하게 작용한다고 봅니다. 이렇듯 남성들은 본질상 바람둥이 같은 기질을 갖고 있습니다. '열 여자 마다하는 남자 없다'와 '연애(로 상대하는 여성)와 혼인(을 전제로 상대하는 여성)은 다르다'는 속언처럼, 능력만 있다면 많은 여성을 상대하고 싶은 욕망이 심리 깊은 곳에 도사리고 있습니다. 물론 이것은 여러 여성을 동시에 상대하거나 시간적 간격을 둘 수도 있고, 또 모든 남성이나 모든 연령대에 똑같이 드러나는 것은 아니지만, 대개 늙었거나 어린 남성보다는 장성한 남성들에게 보이는 점인데, 많은 무리의 암컷을 거느리는 일부 동물의 그것을 생각해보면 쉽게 이해될 것입니다. 이런 능력 있는 남성의 사례는 과거 전통 시대의 군왕이나 귀족, 지금도 일부다처제가 남아 있는 지역의 풍습을 생각해보면 이해가 되지 않을까싶습니다. 만약 그런 위치에 있는 남성에게 이런 성향이 전혀 없다면, 아마도 철저하게 어떤 종교적 신념이나 도덕 관념으로 자신의 욕망을 억압시켰을 것이라 짐작됩니다.

그러나 다행스럽게도 우리에게는 법이 일부다처제를 허용하지 않아서 아무리 재산이나 능력이 많아도 공식적으로 한 남자가 여러 여성을 거느리고 살 수 없고 살아도 안 됩니다. 더구나 여러 여성과 같이 사는 것이 법으로 금지되고 있지만, 설령 허용된다 하더라도 나름대로 경제적 능력이 있어야 가능하기 때문에 대부분의 남성들이 그렇게 살 수 있는 것도 아닙니다. 그것을 허용한다면 가진 자들이 더 많은 여자를 차지할 테니까, 아마 죽을 때까지 혼인도 못하고 사는 남성들이 많아질 것입니다.

이러한 남성들의 욕망, 이것을 비난하거나 추하다고 생각하고 싶지는 않습니다. 필자가 굳이 남성이라서 그런 것만은 아닙니다. 필자의 생각에는 여성의 내숭도 마찬가지로 동물(거북하다면 생물)적 본성의 일부이니까, 남성의 생물적 성향을 이해한다는 점에서 그렇습니다. 그렇지 않다면 모든 남성들을 잠재적 성추행자로 볼 가능성이 큽니다.

문제는 이러한 견해를 받아들이고 이해한다고 해서 전통과 법을 무시하고 마음대로 해도 좋다는 뜻은 아닙니다. 우리에겐 동물적 생존 법칙 이상의 윤리와 도덕이 있기 때문입니다. 전통적 방식대로 수양하거나 인격을 쌓아 자신의 욕망을 억누르거나 준법 정신이 투철한 시민이 되는 길, 곧 이성적이고 도덕적인 인간으로 살든지, 종교의 가르침을 본받아 순순히 따르든지, 혼인하지 않고 여러 이성과 수시로 번갈아 연애하며 살 수도 있고, 가능하다면 현재의 배우자가 마음에 안 들 경우 이혼하고 새 배우자를 맞이하면 되고, 간통죄가 적용되지 않는 나라에 가서 살면 됩니다. 문제는 자신의 선택에 달려 있습니다. 이것도 저것도 안 되는 사람, 그럴 능력도 없는 사람은 우리의 나무꾼처럼 기만적 전략을 사용해서라도 짝짓기를 시도할 것입니다. 그 어떤 경우든 그 결과에 대하여 본인이 책임을 져야 하느니 만큼 신중하게 결정할 문제라는 점입니다. 향락의 끝은 언제나 정신의 파멸과 함께 허무만 남긴다는 고상한 교훈은 여기서 덧붙이지 않겠습니다.

반면에 동물의 암컷이 더 젊고 힘 있고 자신에게 성실한 수컷에게 마음이 옮겨가듯, 여성들이 심리적으로 현재의 배우자보다 더 힘 있고 젊고 능력 있고 자신에게 성실한 남성에게 매력을 느끼는 것은 지극히 당연하고 비난할 성질이 아니라는 점입니다. 차선책으로 상대에게 젊음이 없더라도 돈이라도 많으면 가능합니다. 돈이 여타의 것을 가능하게 하니까 말입니다. 이것 또한 동물(거북하다면 생물)적 본성의 연장이라 봅니다. 그래서 잦은 이혼과 재혼은 현대적 관점에서 볼 때 제삼자가 전혀 비난할 문제는 아닙니다. 당사자의 가치와 능력의 문제입니다. 특히 미혼자라면 더 좋은 남성을 고를 특권이 있습니다. 문제는 이전에 사귄 남성에 대한 심리적 도덕적 부담감일 텐데, 그건 잠깐이고 행복이 더 길 것 같으면 충분히 고려할 가치가 있고 비난해서는 안 됩니다. 인간의 생물적 본성을 어느 정도 존중한다면 말입니다.

자, 이러니 남성과 여성의 그 찬란한 이중주, 정확히 말하면 남성의 당당한 구애, 때로는 기만적 구애에 대하여 여성들이 대응하는 방식의 문제만 남았습니다. 솔직히 말해 남자들은 암컷들을 되도록 많이, 이왕이면 예쁘고 젊은 암컷(동물적 기능으로 볼 때 임신과 출산의 가능성이 크기 때문)을 많이 거느리고 싶고, 여성은 아무 수컷에게나 응하는 것이 아니라 자신을 보호해주고 든든한 울타리가 되어주는 젊고 힘 있는 수컷이 필요합니다. 그러니까 서로의 관심이 달라서 문제가 생기는 것입니다.

자, 이야기를 다시 오던 길로 되돌려보면, 어쨌든 여성들은 이런 남성들의 전략에 대하여 어떻게 대응할까요? 이것은 경험이나 명민함의 정도에 따라 달라집니다. 예를 들어 남자에 대한 경험이 전혀 없이 순진한 여성들은 겉으로 보아 잘생기고 이상형이라 여기는 남성이 다가오면 쉽게 사랑에 빠져버리는 경향이 강합니다. 남자를 많이 사귀어본 경험

(표현이 이상하면 용서하시라)이 많은 처녀보다 공부만 하고 자기 일만 했던 처녀들이 쉽게 남자의 기만적 전술에 잘 넘어간다는 점 말입니다. 물론 이것은 경험에 따른 근거이지만, 여성이 상대 남성에 대하여 아무런 의심 없이 받아들이면 문제가 생길 수 있습니다. 조심하시기 바랍니다. 동물들의 암컷도 이런 수컷이 있다는 것을 알고 쉽게 짝짓기를 허락하지 않습니다. 일정 기간 동안 수컷의 성실성을 테스트합니다. 하물며 만물의 영장인 인간이 이보다 못해서야 되겠습니까?

이때 변변치 못한 남성들이 내세우는 기만적 전술은 돈이 많은 척, 부잣집 아들인 척, 명문 학교를 졸업한 척, 사법연수생인 척, 친지 가운데 유명 인사나 권력자가 있는 척하는 기만 등입니다. 이런 자의 유혹에 말려들어 넘어간 처자들이 수없이 많았습니다. 다 뉴스에 나온 이야기들입니다. 경험이 있거나 똑똑한 여성의 경우 남자의 그 말을 곧이곧대로 믿지 않습니다. 쉽게 응하지 않는다는 뜻입니다. 그리고 남자의 진정성을 시험해봅니다. 그래서 내숭을 사용합니다. 우선 첫눈에 싫다면 그만이지만, 일단 첫눈에 합격이면 이 남자의 말의 진실성과, 그리고 자신을 정말로 맘에 두고 있는지, 정말로 이 남자가 믿음직스러운지, 능력이 있는지 관찰하고 시험할 것입니다.

지금까지 남녀의 짝짓기와 동물의 그것을 연관시켜 말했지만, 인간 사회는 크든 작든 기만을 사용하고 그에 대한 대비책도 활용해왔습니다. '나무꾼과 선녀' 이야기도 기실 일

▷순자.

상화된 기만에 대한 이야기와 관계됩니다. 사람들은 혼인과 상거래, 정치 행위, 각종 경쟁적 상황 아래서나 생존 현장에서 기만이 많이 필요했을 것입니다. 특히 관리들의 횡포에 맞서 이들을 기만하여 생존하는 행위는 매우 일상화되었을 것입니다. 기만적 혼인이 현대적 관점에서 보면 도덕적 문제가 될 수도 있겠지만, 전통 사회에서 비록 장려할 것은 못 되더라도 불가피하게 통용되던 것이 아닐까요?

좀더 근원적으로 볼 때 도덕적인 잣대로 그것을 재단하기 이전부터 하나의 생물적 속성으로서 인간이 기만을 사용해 왔다면 지나친 해석일까요? 일찍이 순자(荀子)가 이런 생물적 존재로서의 이기적이고 기만적인 모습인 인간을 보고 인간의 본성이 악하다고 성악설을 주장하여 성인(聖人)의 예(禮)로 바로잡아야 한다고 보았는데, 이런 점에서 순자의 예는 법(法)에 가깝고, 또 순자의 제자 계보에서 법가(法家)가 등장하였다는 점은 아마도 이런 점을 예리하게 관찰한 결과일 것입니다. 오늘날의 법은 모든 사람들에게 평등하게 적용되는 점이 법가들의 주장과 차이가 나지만, 기실 그것도 인간의 그러한 측면이 사회적 질서를 깰 수도 있다는 점에서 인간의 욕망을 제한하고 있습니다.

그러나 필자는 그러한 법은 미봉책이요, 겨우 표면적 질서만 유지하는 기능을 한다고 봅니다. 인간의 욕망이 더 끈질기고 강하기 때문입니다. 인간은 더 많은 자유를 원하고 자신의 본능을 더욱 충족시키려 노력할 것입니다. 다른 선진국들처럼 우리의 간통죄도 언젠가 폐지될 것이고, 남성이든 여성이든 그가 능력 있는 사람이라면 더 젊고 예쁘거나 힘 있는 상대를 배우자나 애인으로 둘 것입니다. 이미 두고 있는 사람도 상당수 있을 것입니다.

자본주의는 인간의 이런 면을 이용하여 저급한 대중 문화를 통하여 욕망을 부채질하면서 돈을 벌기도 합니다. 돈이 되는 일이라면 못 할 게 없을 테니까요. 장안의 문제가 되고 있는 성매매 업소, 곧 향락 산업도 이와 무관하지 않을 것입니다. 이상이 '기만은 보편적 현상일까?'라는 질문에 대한 답입니다.

동남아 출신 신부들

'나무꾼과 선녀' 이야기는 혼인 생활에 대한 각종 유전자가 들어 있는 이야기입니다. 신분에 어울리지 않는 혼인, 그리고 전통적 남녀 관념에 배치되는 인물의 결합이 결코 행복한 혼인 생활로 이어지지 않았음을 보여주었습니다. 그리고 기만적 태도에 대하여 그것이 어찌할 수 없는 것이라 하

더라도, 그 기만으로 인해 엄청난 결과가 이어졌으므로 뒷감
당이 쉽지 않았습니다. 차라리 사냥꾼에게 사슴의 행방을 엉
뚱하게 가르쳐준 그런 작은 기만은 일상 생활에 흔히 있는
일이므로 이것으로 끝냈으면 좋으련만, 선녀의 옷을 훔치고
이어 하늘나라 시험에서의 기만은 결정적으로 주인공들의
운명을 의도하지 않았던 방향으로 옮겼습니다. 나무꾼과 같
은 하층민에게는 인생이 어차피 밑질 장사라면, 실패하더라
도 한 번 시도해보는 게 나중에 여한을 남기지 않는다는 갸
륵한 교훈이 작용했는지도 모르겠습니다. 그래서 기만적인
혼인 생활은 비극적이라는 자연스런 결론에 도달하게 되었
습니다.

그렇다면 우리가 그런 '기만적 배우자의 선택은 언제나
비극적인가?' 하는 질문을 할 수가 있겠습니다. 그 질문에
대한 답을 들을 때가 되었습니다. 이런 질문이 가능한 것은
이야기가 만들어진 당시와 현대는 상당한 거리가 있기 때문
입니다. 그리고 앞의 글에서도 여러 사례를 인용해서 현대에
도 그럴 가능성이 농후하다고 지적했습니다. 여기서는 다만
기만의 정도에 따른 사례들을 통해 답을 대신하고자 합니다.

앞에서도 말했지만 인간에겐 고의성이 있든 없든, 또 범죄
적 요건이 성립되든 안 되든, 결코 기만으로부터 자유로울
수 없습니다. 기만이란 도덕이나 법 이전의 문제이기 때문입
니다. 우리가 나쁘다고 단정하는 기만의 경우는 상대를 속임
으로써 피해를 줄 경우입니다. 사실 이렇게 말해도 명확하지
않습니다. 상대의 피해가 어느 정도인지에 따라 다르기 때문

입니다. 그래서 법이 필요한 것이고, 법 적용이 명확하지 않을 경우에는 재판을 통해서 판단하는데, 바로 여기서 재판관의 이러한 근원적 기만에 대한 철학적 성찰이 요구됩니다.

그러니까 '기만적 배우자의 선택'이라고 할 때, 기만이 어느 정도며 또 그 기만으로 인한 피해가 어느 정도인가에 따라 혼인 생활이 행복할 수도 있고 불행할 수도 있습니다. 가령 신랑이나 신부가 자신의 키를 좀더 커보이게 하기 위해 키 높이 구두나 하이힐을 신은 것에 깜박 속아서 혼인한 경우를 생각해봅시다. 이 밖에 자신의 불리한 점을 감추기 위해 사용하는 것도 많은데, 여성의 가슴이 커보이게 브래지어 속에 넣는 '뽕'도 그것입니다. 남성의 경우도 키 높이 구두를 신거나 가슴이 떡 벌어지게 보이도록 내의에 심지를 넣어줍니다.

이 경우 신랑이 그 신부 본래의 키나 가슴을 보고 속였다고 여성을 비난할 수 있을까요? 못 알아본 자기가 바보라고 하지 않을까요? 반대로, 구두를 벗은 신랑의 키가 작고 가슴이 빈약한 것을 보고 신부는 신랑이 자기를 속였다고 화내는 것이 정당할까요? 아마 그것을 알아보지 못한 자기 탓으로 돌릴 것입니다. 이것은 작은 기만에 대하여 허용되는 부분입니다. 그래서 그 문제가 약간의 불만족을 일으켜도 혼인 생활에 치명타를 주기는 어려울 것입니다.

반면, 의사 사위를 맞이하기 위해 재산이 많이 있는 척했다가 나중에 사위가 병원을 짓는 데 도와주지 못해 그 딸이 시댁에서 박대를 받거나 결국 이혼하는 사례를 흔히 볼 수 있습니다. 이 경우는 적어도 신랑측 입장에서는 으레 신부 댁에서 기만했다고 여깁니다. 이 밖에 신랑이나 신부에게 과거에 애인이 있어서 나중에 발각되어 혼인 생활이 파탄 나는 경우가 더러 있는데, 이 경우도 상대에게 큰 기만으로 인식됩니다.

이렇듯, 단순 논리로 '기만적 배우자의 선택'을 한마디로 말하기는 어렵습니다. 당사자의 생각과 사회 문화적 가치에 달려 있는 문제로 보입니다. 어쨌든 전통적 사례가 당시에 그랬듯이 이 문제도 현대적 가치나 문화적 측면에서 볼 때 동일하게 적용되는 문제입니다. 그러니까 기만이 크고 상대에게 피해가 클수록 혼인 생활은 그만큼 어려워진다는 뜻입니다.

그런데 그런 기만이 당사자의 의도와 상관없을 때도 그런가 하는 점을 생각해볼 수 있습니다. 분명 전통 시대에도 혼인은 중매쟁이를 통해서 하는데, 혼인을 성사시키기 위하여 어느 정도 통용되는 기만을 중매쟁이가 사용하기도 했습니다. 가령 그 집 규수가 참 예쁘더라, 총각이 너무 믿음직하게 생겼더라, 몇 대조 할아버지가 영의정을 지냈더라 같은 기만입니다. 이런 종류의 인물 평가는 주관적이기 때문에 설령 상대가 자기의 기대에 어긋나도 크게 항의할 일이 못 됩니다. 이미 가문끼리 다 알아보고 매파를 통해 형식을 갖추는 경우가 많기 때문입니다. 그러나 지금은 이것을 방지하기 위하여 혼인 중개 회사는 당사자의 학력이나 직업, 신체 사항, 가족 사항 등을 기본 정보로 요구하며, 고급 회사일수록 그

▷한국으로 시집을 온 외국인 여성과 다문화 가정에 대한 관심을 불러일으키게 만든 KBS의 「러브인아시아」의 한 장면.

것을 더 세밀하게 파악해 상대방의 요구에 맞게 제공합니다. 이런 것들도 사전에 그런 기만적 요소를 방지하고 쉽게 짝을 정해주자는 의도에서 시작했을 것입니다.

　그러나 오늘날 국제 혼인의 경우는 이에 벗어나는 사례가 심심찮게 보도됩니다. 이른바 혼인 중개 회사나 업자를 통해 혼인하는 경우입니다. 성실한 회사와 업자는 예외가 되겠지만, 당장 돈을 벌기 위해 나중에 어떻게 되든 혼인부터 성사시키려는 태도가 문제입니다. 이미 사회적으로 문제가 되고 언론에 보도된 것이기는 하지만, 일부 사례를 보면 현지 처녀들에게 정식 혼인이 아니라 위장 혼인만 하면 된다고 해놓고 국내 농촌 총각에겐 정식으로 혼인한다고 기만하는 경우입니다. 회사의 말만 믿고 외국 처녀들은 국내에 들어와 일정 기간 살다가 도망을 치고, 농촌 총각들은 그 속사정을 모르고 신부가 의도적으로 한국에 들어오기 위해 혼인만 해 주고 도망갔다고 생각합니다.

그런 이유로 농촌 총각들이 조선족이나 여타 다른 나라 여성들과 혼인을 기피하자, 이번에는 베트남 처녀들이 예쁘고 생활력이 강하고 유교 문화가 강한 국가 출신이라, 남편을 잘 따르고 정조 관념이 강하다고 신문에 대문짝만하게 광고도 내고 거리 곳곳에 현수막까지 매달아, 여론의 질타를 받은 적이 있었습니다. 이 또한 일종의 기만적 홍보로 보입니다. 왜냐하면 베트남 여성을 비하하는 시각은 일단 접어두더라도, 그 대상을 농촌 총각만이 아니라 이혼하거나 사별한 기혼자, 심지어 나이든 사람에게까지 그 대상을 확대하는 것을 보면, 어떻게든 베트남 여성의 기대와 생각을 무시하고, 우리식 가치관에 접목시켜 수요를 늘려보고자 하는 속셈이기 때문입니다. 분명 베트남 처녀에게도 한국 사람과 혼인하고자 하는 분명한 이유가 있을 터인데 그 광고 내용에는 보이지 않았습니다. 상식적으로 볼 때 남녀가 서로 사랑하는 사이도 아닌데, 멀리 시집보내 생이별과 다름없는 생활을 하게 되는 데는, 그만한 이유가 없겠습니까? 아마 그쪽 사정을 다 이야기하면 혼인하려는 사람의 수가 줄어들지도 모르기 때문입니다. 또 베트남 쪽 신부에게도 무슨 말을 해서 성사시켰는지 확인할 길은 없지만, 신랑에 대한 정확한 정보 없이 혼인한 경우도 허다합니다. 그래서 혼인한 뒤 시댁에서 차별을 받기도 하고 심지어 폭행을 당해 사망한 사례도 있습니다. 이 경우 혼인 상대자들끼리 직접 기만하지는 않았지만, 혼인 중개 회사나 업자의 기만에 의하여 양측이 모두 피해를 입은 사례라고 할 수 있습니다.

　물론 양식 있는 회사의 중개로 외국인 여성과 혼인해서 잘사는 사람들에겐 축하할 일입니다. 그러나 이런 중개인의 기만책에 속아 울며 겨자 먹기로 혼인 생활을 지속하거나 남에게 말 못하고 속을 앓는 신랑과 신부들에게는 깊은 위로의 뜻을 전합니다. 이처럼 기만이 적잖이 크게 작용한 혼인 생활은 결코 성공하기 어렵기에 하는 말입니다.

□ 이종란(李鍾蘭) ────────────────────

서울교육대학교를 졸업하고 성균관대학교 대학원에서 한국 철학을 전공하여 박사 학위를 받았다. 한국방송대학교, 한국체육대학교, 성균관대학교에 출강하였으며, 지금은 서울내발산초등학교 교사로 있다. 주요 저서로는 『최한기의 운화와 윤리』, 『전래 동화 속의 철학 1~5』, 『전래 동화·민담의 철학적 이해』, 『이야기 속의 논리와 철학』, 『청소년을 위한 철학 논술』이 있고, 철학 동화로 『최한기가 들려주는 기학 이야기』, 『주희가 들려주는 성리학 이야기』, 『이이가 들려주는 이통기국 이야기』, 『왕수인이 들려주는 양지 이야기』, 『정약용이 들려주는 경학 이야기』, 『박지원이 들려주는 이용후생 이야기』, 『신채호가 들려주는 자강론 이야기』, 『서경덕이 들려주는 기 이야기』, 『김시습이 들려주는 유불도 이야기』, 『성인이 되려면』, 『물 흐르듯 살아라』와 한국 철학이야기인 『한국 철학 스케치』(공저) 등이 있으며, 번역서로는 『주희의 철학』(공역), 『왕부지 대학을 논하다』(공역) 등이 있다.

우리 이야기 해설 1
나무꾼과 선녀
....

초판 1쇄 인쇄 / 2009년 9월 15일
초판 1쇄 발행 / 2009년 9월 20일

■

지은이 / 이종란
펴낸이 / 전춘호
펴낸곳 / 철학과현실사
서울특별시 종로구 동숭동 1-45
전화 02-579-5908~9

■

등록일자 / 1987년 12월 15일(등록번호 제1-583호)

■

ISBN 978-89-7775-697-7 03810
*잘못된 책은 바꾸어 드립니다.
값 9,000원